一個上海女人的

美國法庭

征途

瀟 瀟——著

★左：瀟瀟與黎錦揚合照〈序〉
★右：洛杉磯縣法庭〈我在美國被誣告〉

★左：房客人去屋空〈收復領地〉
★右：員警在窗上貼警告〈艾斯瑞終於走了〉

★斯蒂芬在這裡留下一個舊火爐頭（信用高分的房客也有官司）
★小風車在秋風裡尋找元元〈泣血的秋天〉
★塔德搬走時的塗鴉威脅〈大戰希臘惡房客〉
★我和白人律師對簿公堂〈中國小女人告白人大律師〉

★聯邦破產法院〈生日上法庭，趕走吸毒房客〉
★加州河濱縣法院〈生日上法庭，趕走吸毒房客〉
★建築材料店像娘家〈男人是奢侈品〉
★美國老人院像五星級酒店〈加州老人院裡的啃美族〉

| 1 | 2 |
|---|---|
| 3 | 4 |

★帕莎迪納法院大樓〈法庭激辯 打敗專業房客〉

★《紅色警告》貼在後院門上〈法庭激辯 打敗專業房客〉

★波蒙娜（pomona）刑事法庭大樓〈附錄：洛杉磯小留學生
　凌辱案法庭紀實〉

★律師介紹案情〈附錄：洛杉磯小留學生凌辱案法庭紀實〉

| 1 | 2 |
|---|---|
| 3 | 4 |

# 推薦序：
# 一本新移民的生存指南

　　多少個世紀過去了，這個世界依然在紛亂中掙扎滾動著，人們嚮往著自由平安的生活，於是地球上就有了移民潮流，美國成了世界人民移民中心，這裡有黑人、白人、黃種人；有財富橫流的富人、也有一無所有的窮人；這裡有陽光璀璨，也有陰雨霧霾；這裡有善良正直，也有邪惡狡詐；這裡有勤勞熱情的人們，也有貪婪蠻橫的無賴。大家來自世界各地，有規則的生存在這片土地上，這是一片制度完善、法律約束的土地，它給每個人基本權利和公平競爭的機會，在這個制度下人們平安相處，人們遵守規矩去生存。這裡是自由的，卻又有著嚴謹的法則。來自地球各方的人們要在這裡生存，享受自由，必須暸解生存的規矩和法律。它制約你的行為也保護著你的財產和尊嚴不被侵犯。一不小心觸犯了它，就會讓你破財毀了前程。一個國家的幸福與美好，不在於風調雨順、資源豐富和美景風光，而是一個美好制度下，人盡其才努力奮鬥創造的和平生活。美國為全世界創造一個榜樣──一個人人平等的自然生態環境。

　　瀟瀟是一個上海女人，二十多年前來到美國，她在生存中掙扎過，經歷過打工的艱辛也享受改善生活的喜悅。她說：「人生就是一本書，所有的經歷都是珍貴的財富」。她

把苦難當作咖啡品嘗，善於細心觀察社會，感悟人生，並且用她簡單淳樸的文字記錄美國生活，她的文章刊在《世界日報》、《讀者》、《知音》、《美中時報》、《中國日報》、《中國青年雜誌》……等十幾家文學媒體，海外中文網上瀟瀟的博客深受讀者矚目，點擊率過超過一百四十萬。第一本書《西海岸看花開花落》真實記錄她在美國的生活：「美國不是天堂，也不是地獄」。書出版後曾登上當當網最熱銷書前三十名排行榜；中國圖書網上進入了「文學暢銷榜」；也被美國中文圖書館協會推薦為二〇一五年最佳閱讀圖書，她頑強不屈的奮鬥精神和對生活的熱愛感染鼓勵著人們。

這些年來，大量的中國小留學生被父母送到美國，人們把「美國留學」當作富有的象徵和孩子們美好的前途。那些未成年的孩子遠離家鄉，遠離父母到美國猶如「降落傘」空降到一個陌生的土地上，不知道怎樣生存，就會出很多狀況。六〇年代我寫過一個劇本《降落傘少爺》就是講小留學生的生活。他們很空虛孤獨，而家長們則在國內努力賺錢，以為提供豐厚的生活費用就是愛。之前在洛杉磯發生了中國小留學生打架凌辱案，瀟瀟去法庭跟蹤關注，寫下了〈洛杉磯小留學生凌辱案法庭紀實〉等文章，被社會廣泛關注流傳。這些紀實文學，讓大家瞭解中美文化、制度差異下的犯罪標準和結果，很有閱讀價值。

瀟瀟的文筆自然流暢，生動幽默。市面上多的是「成功人士」的故事，瀟瀟用心、用純真的目光來觀察社會，看得

真切。她寫的故事，都是屬於普通人的，平淡的很。也正因
為如此，瀟瀟筆下的美國是一個真實的美國，她紀錄的漂泊
海外的華人故事都是真實的。

　　瀟瀟善於表達。一件小事、一段片刻，她都可以將它們
娓娓道來，讓人以身臨其境的感覺。文學作品的魅力在於細
節。西諺有說，「魔鬼在細節中」，說的也是同一個意思。

　　從瀟瀟的故事中，人們還可以學到很多法律知識，它啟
示新移民遵守法律，學會用法律保護自己的權益。

　　〈一個上海女人的美國法庭征途〉是瀟瀟的第二本書。
它是一部新移民生活指南，我強力向讀者推薦這本書。我相
信，凡是讀過瀟瀟作品的人，都會對作者的不同尋常的才華
有深刻印象。

　　　　　　　　　　　　　　　　　　　　黎錦揚
　　　　　　　　　　　　　　二〇一七年九月二十五日

# 自序

　　那年春天，我帶著幼年的女兒提著大行李箱，登上了飛往美國洛杉磯的班機。飛機上乘客不多，女兒抱著她的小熊躺在我的腿上睡得香，而我卻沒有闔過眼，心裡有著去另一個星球的好奇和盼望，那是一個全然未知的世界。行李箱中塞滿四季的衣服鞋子和所有生活用品，包括炒菜鍋、切菜刀，生怕異國他鄉找不到國內生活方式。飛機降落在洛杉磯機場，藍天白雲透徹，陽光灑滿停機坪，一切和上海虹橋機場一樣，只是人不一樣了，窗外有個壯實的大鬍子毫不費力地把行李箱一個一個地扔到電瓶車上……。人們嘰裡呱啦地說著話，我完全不懂，這是在美國的第一天，一九九二年五月十九日。

　　轉眼已二十多年，女兒長大成亭亭玉立的大姑娘，讀完名牌大學UCLA又畢業於紐約一家醫學院。這些年我們經歷了貧窮、失業、病痛，也遇到過很多艱難困苦和危機，但我們一直努力在這陌生的國度裡學習生存。我們終於走出貧窮困境，不再為錢而活。雖然不是大富大貴，但這一份平安解放了我，可以自由自在地生活，隨心所欲做自己喜歡的事，也算是一份新移民的幸福。寫出來與大家分享是我漂泊海外的最大心願。

　　世界的移民潮依然緩緩不斷地湧向美國，人們嚮往著自由，公平競爭的生存環境，每個人最終都會在這旋轉的地球上找到一個自己的位置。我們在與命運中相逢的各種人交往著，經歷著離奇的故事。有人說：「美國是一群離開自己國家的人，來到這裡一起生活的地方」，而這些不同國家種族的人能在這片土地上和睦相處，並熱愛它，是因為這裡有一套公平的生存法則，它就是美國堅不可摧的法律制度。人們在平等的規則下相安無事，心情舒暢地生活。《一個上海女人的美國法庭征途》一書就敘述了我在美國所見所聞和所經歷的故事。

　　我們小心謹慎、省吃儉用、未雨綢繆。二〇〇九年美國房價大跌，我「不小心」買進幾個小房子，擁有了自己的投資房。管理房子的工作非常辛苦，為了省錢，我學會了修理房子，動手為房客換水龍頭，換地板，補牆洞……。〈男人是奢侈品〉記錄了我為房客換地板的快樂成就，這些年的努力，我幾乎成為一個「十項全能」的女修理工。真心希望房客愛護房子，享受家的感覺。可是我出租不慎遇到一些不守規矩的房客，於是有了房東、房客糾紛。我一個不諳英語的中國弱女子常常被兇神惡煞的房客欺負，他們霸佔著房子不付房租，還破壞房子，欺騙耍賴，給我帶來很大的壓力和憂患。於是我學著用法律驅趕惡房客，與形形色色的房客們周旋於法庭之間，我幾乎跑遍了南加州各區域的法庭。〈艾斯瑞終於走了〉、〈生日上法庭，趕走吸毒房客〉都是記錄驅趕惡房客的過程，可供新移民房東借鑒。這些經歷雖然艱辛

困苦，但最終都是完好結局，我深深體會到美國法律真實，給老百姓內心平安。

有人認為美國是天堂，其實不然，任何地方都有人挑戰法律和生存規則，美國法律公平法官公正，人們心裡就有平安。在這裡人人平等，享受強大的法律保護。倘若心中有委屈，隨時可以到法庭去討回公道。〈中國小女人告白人大律師〉講述了我告一個白人大律師的經歷：

> 眉清目秀的南美洲女文書麗莎，把一疊文檔遞給我：「這是你的全部案件材料」。
>
> 我輕聲問：「你確定以後不會再給我寄帳單了嗎？」一日被蛇咬的心裡隱隱作痛。
>
> 麗莎微笑搖搖頭：「不會了，這裡還有一份表格，如果你對律師的服務感覺不公，可以告他的。」
>
> 我半信半疑地翻開文件夾，確實有一份告律師的表格。疑惑起來：老百姓告律師？這怎麼可能？這是美國呀！他是白人大律師，我是一個中國小女人，英語、法律知識都與他有天壤之懸殊，法庭上還用問誰勝誰負？美國真是一個奇怪的地方，怎麼有這種表格？也許是個展示公平的形式而已。誰敢告律師？不是自討苦吃嗎？不過想到那兩千元的冤枉，又想碰碰運氣⋯⋯

在中國，人們認為這是「雞蛋碰石頭」的故事，可是奇

跡卻發生了！那一天我真的很愛很愛美國！

　　中國有句俗語「家醜不可外揚」，這其實是縱容一部分人做壞事不受譴責。家也是一個社會，每個人有自己的世界觀，什麼樣的事都會發生。我們家發生了最常有的家醜：母親的財產被搶，親人反目。更可悲的是，惡人還以攻為守，把我告上法庭，於是就有了〈我在美國被誣告〉的法庭故事。我經受著失去母親又被誣告的痛苦，沉重委屈的心情幾乎令人崩潰，我寫出來也就放下了。

　　關注社會是一個寫作者的使命，在社區活動中，我發現美國老人公寓裡住滿了中國老人，原來很多老人移民美國，是來享受美國老人福利的。他們的兒女都很「成功」，自己開著奔馳車，住大豪宅，卻把父母送進老人公寓。老人們拿著中國的「退休金」，同時又享受美國無家可歸老人的「福利」，雖然吃住不愁，卻不能和兒女在一起。他們語言不通，住在老人公寓裡非常寂寞孤獨，令人同情，同時又讓人感到羞愧。這與中國近年來突飛猛進的經濟發展，高樓林立、高鐵貫通的生活水準格格不入。中國有兒女長大後吃父母的「啃老族」，而中國老人吃美國福利就成了「啃美族」。〈加州老人院裡的啃美族〉一文引起了社會的強烈關注，它也記載了時代變遷的移民怪異現象。

　　「美國留學」一直是人們嚮往的一件事，大家都把兒女送出國留學當作一種愛和驕傲。二〇一五年三月，在洛杉磯十幾個小留學生週末無聊聚在一起抱團消磨時間。為了一點小事毆打同學五個小時。被舉報起訴後，有的逃亡，有的被

逮捕入獄，保釋金三百萬。他們的家長歷盡艱辛飛來美國請律師，住酒店花費幾十萬美金，依然沒有能「拯救」孩子。經過一年的審理，三位小留學生被判了重刑，將在監獄裡度過青春年華。

〈我見過的美國法官〉一文告訴你美國法官並不是嚴肅刻板高高在上的聖人，他們知識淵博也幽默風趣，法官用電影《蠅王》來比喻小留學生的生活，文章中寫道：

> 「他們在美國沒有大人管教，寄宿家庭並不管他們，他們就抱團度過孤獨無聊的課後時光和週末，他們不懂美國法律，遇到事就按自己的方式解決，一點小事就打架殘暴凌辱同學，用聖經上的話：『他們自己都不知道自己在做什麼』。他們本來都是好孩子，被父母寵愛著。而他們父母盲目把他們送到美國，就像一個荒島，這裡的『叢林法則』與他們以前生存的地方完全不一樣。於是就出了事，把自己弄到監獄裡去了。父母原以為美國是天堂，卻不知道他們是怎樣生存的」。

此文令人深思，同時引起一些學生家長和讀者的思考與好評。一位來自台灣的北美洛杉磯華文作家協會的楊錦文先生說：「此文值得給小留學生的家人分享，或是中國大陸中小學校必讀教材」。

最後，我要深深感謝秀威出版社林世玲和辛秉學編輯，

他們認真仔細兢兢業業的工作態度，讓我非常感動，如若書就像作者的孩子，這本書就是我和他們共同的孩子，我相信它會得到社會更多的理解和厚愛。

　　將此書恭恭敬敬地呈上，希望我在美國法庭的奇遇故事，能給關注美國生活或新移民朋友們一些資訊和借鑒。也祝福天下所有漂泊的、留守的人們在法律的保護下幸福平安！

瀟瀟　敬上

二〇一八年八月三十日

# 目次
CONTENTS

# 我在美國被誣告

　　這個世界因錢而失去平安，因貪婪而失去人性。錢和貪婪可以殺傷親情，毀滅家庭。我家的「天使」中國女飛行員阿無，變成盜取錢財，迫害親生母親的「魔鬼」，我還被她的男友美國醫生豐子胡告上了美國法庭。

　　《聖經》上說：「一個人就算贏得了全世界，卻賠上了自己，又有什麼意義呢？」人類追求文明進步的道路非常艱辛，每個人，每個家庭，每天都在經歷錢和貪婪的誘惑與考驗。

## 天上掉下個訴訟狀

　　那天下班，開著車剛轉進車庫，見後面尾隨一輛白色小車，「嘎——」一聲逼在我的Camry後，裡面鑽出一個禿頂白人老頭，兩團銀色的捲髮掛在光腦殼的兩邊，厚厚的玻璃眼鏡架在鼻梁上，有點愛因斯坦的味道。「你是瀟瀟？」

　　我納悶地望著陌生人，心想：他為啥跟著我？他要幹什麼？

　　「我來送法庭文件。」老頭拿著一堆紙，走上來。

　　「法庭文件？」我一看文件，原告：豐子胡——老人

科醫生。這是阿無新換的男友。他們現在洛杉磯躲藏起來，沒人知道他們住在哪裡。阿無搶走母親全部遺產包括母親下葬的費用，導致母親在上海安圖老人院不幸去世。找不到阿無，我給豐子胡打過兩個電話，他也不接；給他發了三個郵件，但我不明白他為什麼要告我呢？

為了「家醜不可外揚」，我們替阿無偷盜遺產的罪惡，背著沉重的「家醜黑鍋」，一直沒有起訴。現在阿無的「假丈夫」，卻把我們的家醜弄上了美國法庭。

上法庭對我來說壓力很大的，因為我的英語沒有好到可以應付法庭辯論。望著那厚厚一疊法庭文件，猶如當頭一棒！這也許就是豐子胡需要的效果，他這第一步是絕對成功的。

當我轉身，那位愛因斯坦老人和他的白色小車已經無影無蹤，只留下那堆厚厚的蓋著法庭圖章的文件，擋著我進家門。

天色接近黃昏，隔壁人家的狗一直狂叫，剛才那個跟車的陌生男人和這堆寫滿英文的紙讓我憂心忡忡。他怎麼知道我家地址？他怎麼那麼清楚我的身高、體重、膚色、髮色，就算我變成屍體，也躲不過他的追逐呀！明天他會不會以其他事由再跟蹤我？給我其他傷害？想著想著就害怕起來。還是打個電話給員警吧，確定一下這是怎麼回事。

我獨自站在門口撥了911。

員警很快就到，個個都是高大魁梧，穿著防彈衣，充滿了威懾力量。這八月的天那麼熱，四處為保護人民而奔波，

實在是很辛苦的職業，他拿起那堆紙，看了一下：「這是法庭傳票，你有官司在身嗎？」

我想到難以啟齒的家醜：阿無搶走了媽媽全部遺產，和外遇男友豐子胡偷歡，害得媽媽沒錢請護工，摔倒在老人醫院不幸身亡。我的心在滴血，是準備找她算帳，還沒來得及告她，這官司應該還算沒有開始吧！我回答：「沒有啊！」

「有人告你騷擾。」這個二十來歲的小夥員警看了訴狀，改變了態度。有人要申請對我的禁制令，他的眼神變得不太友好起來。

哇！在這個言論自由的國家裡，打電話會有進監獄的危險？我真的被嚇到了！想到那個男人跟蹤我所造成的恐懼，遠遠超過「電話騷擾」，我真的很無助無奈。

員警他望著我憂鬱的眼神，拍一下我的肩膀安慰著：「如果他們再來，你就立刻打電話給我，我會來的！」然後慢慢地開車離去。

天色已經全黑，玫瑰花忘了澆水，我的小鳥兒們在「嘰嘰喳喳」等待餵食。我饑腸轆轆地走進家門，無心做事，燈也沒開，坐在沙發上捧著那幾十頁紙的法庭文件，心情沉重。媽媽不幸去世的傷痛還沒有撫平，卻又要面對誣告我的官司。我這個膽小的中國女人，被久經沙場的華裔男醫生控告「騷擾」，這雙重打擊讓人精神即將崩潰。

我翻閱著這天上掉下來的訴狀，用僅有的簡單英語努力讀懂這一疊文件中的重點。

## 罪過，罪過

　　訴訟內容是這樣的：豐子胡不認識我，他只是阿無的普通朋友，僅僅在兩年前見過面，今年七月突然遭到我的騷擾。

　　◎**罪狀如下：**

　　一、用電子郵件騷擾他。

　　二、打電話騷擾他。

　　◎**訴訟請求：**

　　一、禁止我發電子郵件給他。

　　二、禁止我打電話給他。

　　三、在一百尺範圍以內，禁止靠近他。

　　四、在一百尺範圍以內，禁止靠近他的女兒。

　　五、在一百尺範圍以內，禁止靠近他女兒的學校。

　　六、在一百尺範圍以內，禁止靠近他的家。

　　七、在一百尺範圍以內，禁止靠近他的車。

　　八、在一百尺範圍以內，禁止靠近他的辦公室。

　　…………

　　他在訴狀中還特別添加：「七月五日，她打電話到我辦公室給祕書，要我的手機號等私人資訊……」。

　　我是給他發過電子郵件，但這與他女兒、他女兒學校、他家、他的車、他的辦公室有什麼關係？我從來沒有給他辦公室打過電話，他為什麼要編故事呢？發電子郵件，又不是

發原子彈，在一個醫學博士的觀念裡，怎麼變成需要法庭發禁制令禁止的行為呢？如果我的電子郵件有那麼大的殺傷力，美國軍人也不必冒險上伊拉克戰場了。

如果這個訴訟成立，我會被記錄在案，幾年裡不能去聖塔莫尼卡海邊，不能去阿罕布拉的中餐館，更不能找阿無，如果不小心在街上與他們相遇，只要在一百尺以內，我就要進監獄。這一百尺大約有多長？我努力算著：身高一米七二，大約二十個我躺在地上的距離，差不多才是一百尺那麼遠！我要用望遠鏡才能辨別那是誰？他女兒長得啥樣？我完全不知，只要他帶著女兒來我家附近隨便逛逛，準能送我進監獄！就像那個愛因斯坦老頭隨時到我家來，而我卻不知他從哪裡而來。

我感到了極大的壓力和冤屈！我的英文能為自己辯護嗎？不禁感到沉重，憤怒。

小鳥們的叫聲驚醒了我，趕緊把小鳥兒的食物填補好，換上乾淨的飲水。牠們又歡快起來，人們對快樂的要求如果也如此簡單，那該多好！

起訴日期：八月二日。開庭日期：八月二十二日。收到訴狀已是八月十四日。不知道那個愛因斯坦老頭跟蹤了我多少日子。我只有一個星期的時間，這將是極度憂傷和焦慮的一星期；不過也是學習的一星期。我要學習法律，練習英語，要勇敢地上法庭。說來也要感謝他，這位UCLA的博士，把訴狀扣留了那麼多天再交給我，如果我早一天拿到，就多一天的精神折磨。這一個星期準備開庭已經足夠了，因

為我沒有錯！

　　法庭地點在聖塔莫尼卡。那是西海岸最遠的法庭！豐子胡找了最遠的法庭，讓我冒險開長途去應訊。來回二百四十英哩，算是額外的折磨，整夜無眠。他到底為啥那麼驚慌？他究竟要幹什麼?!

　　阿無和豐子胡躲在哪裡，沒人知道，只有email和電話。於是我給他發了郵件，內容如下：

　　胡先生好，

　　　　我給你打過幾次電話，不知道你為什麼沒有接。這是我最後一次給你寫郵件，在美國，每個人都很忙，不是為了找阿無，我是不會和你有任何聯繫的。…………

　　　　如果之前我發給你的郵件，給你帶來煩惱，我很抱歉！美國是講理的地方，沒有誰怕誰的問題。

　　　　祝你事業順利，生活平安！

　　　　　　　　　　　　　　　　　　　　瀟瀟

　　就這樣的郵件，和幾個沒人接的電話，就被告上法庭，觸摸到了監獄的圍牆?!難怪美國法庭如此忙碌。記得河濱市法官一個上午審理四十九個案子，聖巴納迪諾市政府宣佈倒閉。眾多的被撫養人，壓垮了贍養人，這個家就倒塌了。像豐子胡這樣為了幾個郵件，幾個未接通的電話也要興訟一場，浪費法庭幾十張紙，員警、書記員的工資、房租、電費

來開庭，法院焉能不忙？

在美國，每個法庭大樓都是雄偉的建築，這是美國人民交稅供養的，為了有個講理出氣的地方，人們需要心情舒暢地活在這片土地上，就算沒飯吃，也不能受委屈。於是人們有事沒事都會到法庭辯論一下。有個女博士好朋友說法庭像超市，常去就習慣了。我可沒有那麼瀟灑。

這個晚上開始，日子失去平安。烏雲罩頂，心如刀絞，媽媽去世，遺產被搶，我又被誣告，所有災難一起來了，怎麼辦？我崩潰了！去了醫院，醫生說要休息幾天，於是小黑包裡裝進了藥瓶。爸爸說過，我是堅強的，沒有任何困難能把我壓垮。我不能倒下，必須堅強地面對，如果我倒下了，沒有人知道是非、真相。我將背負著「騷擾他人」的罪名，留下終身的冤屈。

## 進一步，海闊天空

卡耐基說過，當危機來臨，轉身就跑，將會失去百分之百；迎上去面對，就贏了百分之五十。錢可以被搶，人不能被辱。豐子胡的訴狀究竟會不會成立，我必須到法庭去與他爭個高低，是輸是贏都要去，絕不放棄！

在美國，一切辯論都必須有證據。老天總是在關鍵的時候讓壞人露出些馬腳。豐子胡的訴狀上寫著：他不是我們的家人，只是阿無的普通朋友，而我是無緣無故地發郵件，打電話騷擾他。恰在此時，我收到了媽媽醫院裡傳來的訊息：

豐子胡和阿無多次同去上海安圖老人醫院，豐還以「美國老人醫科專家」的身分和老人醫院宋主任一起「討論媽媽的健康計畫」。

阿無早就預謀騙取媽媽銀行密碼和存摺，但一直無法得逞，後來她和豐子胡配合，拿到了媽媽的密碼和身分證。他是老年病人專家，熟悉老人心理，這也正是他不敢面對我的原因。逃逸是因為害怕，害怕是因為心裡有鬼，這樣的心態，我們是無法溝通的。

一個律師朋友告訴我，他這是胡鬧，目的是躲避你，以攻為守，法官不可能判他贏的。不用請律師，只要自己去就行。這話讓我輕鬆了三個小時，此時此刻，輕鬆就是幸福。

我把電話帳單、電子郵件和一些證據準備好。查閱了關於「騷擾」的相關法律：

一、沒有理由地發郵件。

二、郵件中有威脅的詞。

三、電話中有威脅的話。

這三條，我一條也對不上。

他參與了阿無騙取媽媽的遺產，因此我發郵件給他，用詞一直很禮貌，沒有一絲威脅之意。打電話給他很正常，他一通未接，所以這個騷擾訴訟應該不可能成立。這個醫學博士不懂法律常識？還是他故意玩弄法律以攻為守？為什麼小偷逃跑時，還要傷害他人？

「在戰略上要藐視敵人，在戰術上要重視敵人。」豐子胡要和我在法庭拔刀相見，這就是戰場。我寫了一份簡單的

法庭辯護詞，一遍一遍地反覆朗讀，希望法官能聽懂我的中式英語。

一切準備好了，我不再那麼憂慮，照常去健身房游泳，和女兒去桑拿，女兒將我的iPad下載一個電子遊戲「憤怒的天使」，是一個紅色的小鳥，坐在彈弓架上，當你拉開弓，調整好角度，它就會「呀——！」地怒吼一聲飛出去，用自己的生命去砸碎那些障礙物，把綠色的魔鬼消滅掉。跟它玩，必須全神貫注，一級一級地上升，魔鬼躲藏得越來越深，在那裡發出「嘿！嘿！嘿……」陰冷的笑聲，如果角度差一點點，那紅色的小鳥就會白白犧牲自己。每一次勝利，都是一個小小的喜悅，小鳥會笑得燦爛，讓你渴望再繼續打下一級。我就這樣玩上了癮，在那段時間忘掉一切煩惱。我想這玩意，應該拿到精神病院，讓那些思路紊亂的病人消磨時光，也可以幫人戒煙、戒酒、戒賭、戒色。

加州的陽光依然燦爛升起，又落下。日子一天一天挨著，我盼著八月二十二日，是輸是贏都是最後的戰役。那天下午，我就能從這場精神戰役中解放出來，不再煩惱。我要去古月小館品嘗「冬筍雞湯」，然後再去韓國SPA桑拿，還要捧著一大包爆米花看電影……。準備好了，我要起個大早，去著名的聖塔莫尼卡西海岸看日出了！絕不能遲到。我要進步！進一步海闊天空。

## 庭外角逐，鹿死誰手？

八月二十二日，我要到聖塔莫尼卡海邊去，到那個熟悉的海灘去「看日出」。在那裡，我曾經遙望祖國，思念上海，在沙灘上寫爸爸、媽媽和哥哥。如今他們都不在了……，海的那邊，沒了親人我還能望什麼呢？哦，我今天是去海邊的法庭，是被告，這是一個新的體驗，有點痛。說不怕，還是緊張，因為對方是美國醫生、博士，他可以利用熟練的英文顛倒是非，法官能明察嗎？

今天我格外想念爸爸，媽媽和哥哥，他們知道了我現在被人欺負，會多麼傷心，我想他們會在天上看著我，保護著我，老天會讓那些作惡的人受到懲罰。

清晨五點，窗外還是一片朦朧月光，我起床後，穿上一件短袖黑底白圈的上裝、西式黑色短裙和半高跟的敞口皮鞋，開車出發。這五十多英哩的高速公路上還沒有開始堵車，不過十號公路已經是車水馬龍，燈光飛梭。幸好有一段付費公路，一馬平川痛快地飛馳，過了洛杉磯高樓大廈的市中心，就順利到達聖塔莫尼卡海邊。法庭大樓就屹立在海風中，這裡的溫度比我住的城市低十幾度，我卻忘了帶外套。只好把平日放在車上防曬用的寬大的白襯衫套上保暖，顧不得形象風度了。

法庭安檢和機場一樣，三個彪形粗壯的員警守在門口，還沒受審，卻彷彿有如罪犯的角色。我找到了F115法庭，就

在一樓，門上貼著今天當事人的名單，有豐子胡和我，前面加上「原告」和「被告」，我想像著監獄的門似乎為我打開，那三個員警將要押送這個中國女人坐上警車呼嘯而去……。

走廊裡有一些長木凳，我來得太早，坐著等待開門。我是這裡唯一的華人，那些金髮碧眼，西裝革履的男女與我相比，像另一個世界的人。這裡是外國，我被一個中國醫生，上海同胞逼到這裡受審。這裡是那麼遙遠、陌生、孤獨、冷漠。我開始緊張起來，我能在這裡表達自己嗎？

我記不得豐子胡的長相，不知道他會不會來。我在長凳上尋找，看到一個華人面孔，一定就是豐子胡！我們是這裡唯一的兩個中國人，卻是敵人。他身穿一件質地高貴的天藍色新襯衫，打著華麗彩色條紋領帶。黑長褲熨燙筆挺，皮鞋和頭髮一樣油光鋥亮。戴著一副昂貴的無邊眼鏡，掩飾著三角形的小眼睛。

九點鐘法庭開門，大家排隊進去報到。一個胖胖的黑人女員警，遞給我一張紙，要我簽字。我看了一眼，幾乎全部不懂。同時豐子胡也拿到一份，他簽了字，員警叫我也簽並要求我們先到外面去，這是要庭外調解。

門外有兩個女人，她們是法庭調解員凱倫和伊莎貝爾，凱倫是個矮個子老女人，一隻眼睛有點問題，她們是義工，面帶笑容，和善友好。她們帶著我們到另一棟樓談判。豐子胡個子高大，風度翩翩，展現美式風度，殷勤地為女士開門，那個老年女人似乎已經神魂顛倒。我們進入一個大廳裡

面的隔間小屋。四人同桌，我才正面看清了豐子胡。

「你們是一起談，還是分開談？」老調解員凱倫開口。

我先表態「都可以。」我沒有什麼要背著他的。以為面對面把事情說清楚，就是有調解的基礎。

不知是什麼原因，凱倫改變了說法：「我們就先和豐先生談吧。你到外面坐，等一下再和你談。」於是她把我送到小隔間的門外，關上了門。

我在大廳裡找了一張桌子坐下來，翻開準備好的文件看著。小隔間裡他們的對話還是越過矮矮的木板隔牆跳進我的耳朵。我感到納悶，這美國人真是的，這門有什麼用？只是隔開了人，上面都沒有封頂，聲音隔不開，有什麼意義？

豐子胡問一句話，女聲回答：「大概是百分之二十。」我猜也許是問勝訴的可能。

凱倫直接問：「你的女朋友是誰？」豐子胡開始還說是「close friend」，但又詳細地把我們家所有的人都清楚描述一遍，連我做會計，業餘寫作他都清楚。他用號碼來稱呼我家姐妹：一，二，三，四。後來他又承認四號是他的「女朋友」。科羅拉多州三號姐妹的郵件他也帶著，還細述我們姐妹在處理媽媽後事上的分歧。他把我描述成一個可怕兇悍的角色，有槍，會上網，居然還把傷害媽媽最深的兒媳婦拿出來說事，還把我給阿無的電話錄音也拿來了。我很驚訝，只見過一面的這個男人，居然對我家的事瞭解得那麼深入、細緻！然而，他的訴狀上卻寫著：「我不是她家的人，對她家的事不感興趣。」

他把我的電子郵件給調解員，凱倫有了自己的立場，驚嘆一聲：「啊，這麼長啊？」不知道他拿的是什麼，我給他寫五份郵件，所有的字加起來也不超過一千兩百字。

他們講夠了，換我面談。隔間的小門開了，豐子胡拿著公事包走了出來，見到我很吃驚！走了幾步，突然轉身，瞪著眼睛用手指著我怒聲訓斥：「看！她這是什麼樣的人！在外面偷聽！」這是我第一次聽到他對我說的話，然後甩上門揚長而去。

那兩個女人問：「你一直在這裡嗎？」

「是啊！你們不是叫我在這裡等嗎？」我如實回答。

她倆面面相覷，我說：「也可以讓他在這裡坐著，或者當面一起聽我們的談話都行，我不在乎。這樣可以嗎？」我沒有什麼見不得人的，不需要回避。凱倫說我們還是談吧。豐子胡走了，放棄了調解。那麼我們談有什麼意義呢？

## 協議開始‧如履薄冰

凱倫到大門外一看，豐子胡居然坐在門口的長凳上，沒事一樣。他還繼續要調解？我又糊塗了，胸有成竹的博士為什麼退讓了？

凱倫和伊莎貝爾也興奮起來，她們還可以繼續「調解」下去啦！凱倫讓我回避，我就走上了二樓，這裡可以看到遠處鬱鬱蔥蔥的大樹，如果換個方向，就可以看到蔚藍的大海，我坐在長凳上，心情釋放開來。

一會兒，凱倫上樓來説，要求我簽一份協議，説我們都要遠離對方，不打電話，不發郵件，如果在餐館見面，我就要趕緊躲開。這樣可以嗎？

我不同意，如果他和阿無在一起，我就永遠不能找阿無了。「家醜」就永遠得不到解決了：「不行，如果我在餐館同時遇見他們倆，是他應該離開，我要找的是阿無。」

凱倫又出去「調解」了，回來説：「他答應他可以離開，但是四號也可以跟他一起走。」哇！哇！哇！豐子胡是老人專科醫生呀！這樣小兒科的調解還有完沒完？

凱倫説簽了協議書，就沒有法庭記錄，要不然法官判下來，我就會有不良記錄，以後找工作都受影響。這樣的後果我可經受不住，説還是繼續調解下去吧。

於是，她們就樓上樓下地「調解」著……忘記了午餐，忘記了一切……。兩位女士上樓來説：「他還要求你支付法庭訴訟費用五百塊。」

輪到我火了！完全忘記了家人叮囑：在法院一定不可以發火，要保持溫柔的語調。我大叫一聲：「我是一分也不會付的！這是他自己搞的事，自己付！我還要求他支付我的病假工資和汽油費用呢！」想到這個無聊的訴訟浪費了我的時間，害得我病了兩天，還要開那麼遠的長途，心裡無限屈辱！

「好的，好的，你不要生氣，我們一樣可以下去要求他的。」我看著凱倫和伊莎貝爾的樣子，有點不忍，這些事跟她們無關，她們做義工，為了我們那麼耐心地跑樓梯，真是

好人。

一會兒，凱倫興奮地上來說：「他同意幫你支付一半，你只要付二百五十塊了！」豐子胡又讓步了？

「他幫我？」我的眼睛裡冒出怒火，五點鐘就開車來這裡陪他胡鬧，汽油費，誤工費，對我極大的身心傷害，都是這個美國醫生造成的！還虛情假意地說：「幫我支付法庭費？」

我大聲堅定地回答：「NO！我絕不會付一分錢！他自己負全部責任。我們不必協議了，還是上法庭，讓法官來判好了！」我不想再浪費時間，我相信法官是非判斷的能力。

凱倫仰望著我，和善地說：「不要生氣，沒關係，我們再下去跟他談。」我跟著下樓，回到那間調解大廳，我們可以面對面地談，為什麼要兩個無辜的藍眼睛的女人，為我們兩個中國人跑樓梯呢？

我們四個人重新坐在談判桌上。豐子胡坐在那裡，翹著二郎腿，胳膊架在腿上，兩手十指像彈琴一樣對敲著，一副逍遙自在，勝算在握的樣子，這是我的第一本英語課本圖片上，美國紳士亨利的樣子。他慢條斯理地用極其複雜的英語發言，我一句也聽不懂。

於是，這個上海人，UCLA博士教授的英語，由美國白人凱倫「翻譯」：「他說，如果到法庭，你就要付五百塊了，現在你只付一半：二百五十塊，不過他還可以給你減去五塊，付二百四十五就行。」他冷靜地威脅著我，好像已經和法官溝通過了。減少五塊錢？不是開玩笑吧？如此雍容華

貴的博士醫生，怎麼像擺地攤的小販？

我說：「如果你缺錢，我可以給你，但不是在法庭。到外面請你和阿無吃飯也行，五百塊也無所謂，但這法庭費用一分也不行！」我不能支付射殺自己的子彈費。

我再次重申：在付費問題上，我絕不會妥協，這意味著賠罪的錢，我不會付。我們還是上法庭吧。

## 協議九條‧陷阱重重

豐子胡的一雙小眼睛在那副昂貴明淨的玻璃後面轉動著，我看到的是衣冠楚楚裡面包著的狡詐和邪惡，他又說了一大堆我無法聽懂的英語。

我真佩服凱倫的耐心，她轉頭用標準的美式英語翻譯：「他說，這四百九十五塊的法庭費用，他可以全部自己付，你就捐二百五十塊給美國紅十字會。」豐子胡再次讓了步！

我想這是件好事呀！「捐錢沒有問題，我可以考慮，五百塊也可以的。」

他詭異地笑笑：「你還可以抵稅，我就不可以了。」這句英文我全部聽得懂，像開玩笑一樣，這談判桌上第一次氣氛如此輕鬆。

我平和地說：「抵不抵稅，我無所謂，捐款沒有問題。」這是件好事，善事，此時此刻，卻有點怪，我不知道這是另一個陷阱。

這時候伊莎貝爾雙手交叉放在胸前，認真地開口了，

她的聲音極其溫和真誠：「我們雙方用自己的心去想，寬容地、和好相處，來解決問題好嗎？」

我認真地想，她說的對，以誠相待是可以化解敵意，我真誠地對他說：「我不認為你是敵人，我們應該好好聊聊，不應該到法庭上來，我並沒有騷擾你，我的郵件裡沒有一句威脅恐嚇的話，我也沒有給你的辦公室打過電話，這些你都清楚的，為什麼你不願意跟我談談，就告我？我跟你無冤無仇，還請你吃過飯，按你的邏輯，我應該向你要求支付飯錢了，對嗎？這樣一些小事，不明白你弄到法庭來是為什麼？」

他的眼睛賊溜溜地轉，有些尷尬無言以對。我說的都是事實。

我繼續說：「這是你弄出來的案件，你自己支付法庭費用是應該的，我沒有義務分擔。我還是要繼續找阿無，她作惡太多。請你不要干涉。我沒有任何錯，如果你不願意調解，我們就上法庭好了。」

他一直無聲地坐在那裡，氣勢沒有剛才那麼囂張了。凱倫她們高興了，我們不想上法庭，她們的工作就算有了成就。凱倫說：「那麼我們現在來寫協議書，你們兩個可以先去吃午餐。」

時間已經是下午兩點，她們調解了五個小時還沒吃飯。我真的很過意不去：「需要我給你們買一些喝的來嗎？」

伊莎貝爾抬起頭，友善地說：「謝謝你！你很善良，不用了，我們還是趕快寫協議吧。」

等我走到外面，豐子胡已經無影無蹤。

和煦的陽光讓我回到美麗的大自然，加州的陽光總給人自信心，那些汙穢在陽光下無處躲藏，我愛陽光，它將蕩滌一切汙泥濁水，這無辜的災難即將過去。

我在隔壁的售貨機上買了一瓶水，再跑去停車場的車裡拿了早上未吃完的半個麵包，我脫去了裹在身上的白大褂。精神抖擻地回到談判大廳。凱倫的眼睛一亮，上下打量我：「噢……，你很端莊！」

豐子胡早已坐在裡面，桌上是一份寫好的協議書，等著我簽字。

協議書整整三頁，密密麻麻寫了九條必須彼此遵守：

一、不准打電話；

二、不准電子郵件；

三、不准靠近女兒；

四、不准靠近家；

五、不准靠近辦公室……；

六、……

一共寫了九條！其中加上一條：我必須捐四百九十五塊給美國紅十字會。如果誰違背了任何一條，就將罰款三千塊。

我突然發現右上角還有訴訟案件立案號碼，女人的直覺讓我反感，這不就是法庭記錄嗎？不能簽！

「我只簽『不打電話，不發郵件』，為什麼要寫到他的女兒？跟她有什麼關係？」我氣憤的手一直發抖。凱倫好像

已經是豐子胡的祕書，寫的協議完全都是按照他的訴求而寫的。這哪裡是協議？是庭外判決書嘛！我簽了，就等於認罪。

伊莎貝爾用純真的目光望著我：「是以防萬一，他是保護他的女兒，他很愛女兒。」

這是什麼邏輯！我用機關槍似的語調回覆：「他愛女兒，要保護女兒，就應該回家去和女兒住在一起！他把女兒拋棄了，和別人的妻子同居，還說保護女兒？女兒跟媽媽在一起，媽媽保護著，他有什麼資格為了『保護女兒』上法庭控訴我呢？」

「協議是說，他也不靠近你的女兒。」凱倫幫他辯解。

「我沒有要求『保護我女兒』，不必寫在這裡，這完全是為他而寫的，所謂『雙方』是在為他配戲而已。」我點破這「雙方協議」的真正目的。

我站起身來，把這個「協議書」輕輕地推到桌子中間，嚴肅地對凱倫和伊莎貝爾說：「這樣的協議書，我不能簽，謝謝你們花了那麼多時間調解，我們就上法庭吧！我愛美國，我相信美國法官，他們很有水準，我非常相信他們的公正，就請法官來判吧！」

伊莎貝爾的眼光裡閃爍著興奮和讚賞的目光，她們比我更懂美國，更愛美國。

凱倫做最後的努力：「你可以把協議書拿回去，仔細考慮，如果要簽還是可以的，簽好了，就直接發給法庭祕書處，還把傳真號給了我。

　　我真心誠意地感謝她們，花了整整六個小時來調解我那五個電子郵件造成的美國大案，還沒有成功。她們的耐心和友善，真的感動著我，我在她們的評語上勾了全A。

　　豐子胡拿起他的公事包，一本正經地又去法庭申請下一次開庭日期：九月十二日上午八點。美國醫生比中國醫生幸福多了，上班沒事做，隨便找個理由，在法院玩上幾天也不誤事。我拿著未簽字的「協議書」和新的開庭通知書，走出了這棟水泥牆的建築物，這一天誤工，辦公室的工作堆積起來，雖然沒上班，卻非常疲勞，回家倒頭睡了一覺。早上五點起床開車，真是一種嚴重的精神折磨啊！下個月還有一場硬仗在等待著我……。

　　這時，我看到一條新聞：洛杉磯亞凱迪亞市的一個華人男醫生，對女病人性騷擾被告，法庭判他捐款兩千塊給美國紅十字會。我倒吸一口冷氣！原來捐款給紅十字會是對犯罪者的懲罰！我險些掉進豐子胡的大陷阱！我感謝上帝總是在關鍵的時候保護我，讓女人的直覺幫我做出正確的決定。沒簽那份不平等協議書，完全正確！


## 美式和諧・調解仁至義盡

　　拒絕簽署誣告條約，我這半個月卻過得比較輕鬆，似乎忘卻了有一個官司在等我。

　　豐子胡自我感覺一向超好，博士和教授這樣的頭銜，加上新襯衫，筆挺的褲子，貴重的眼鏡片和流利的英語，風流

偶儻，活生生一個美國上等人，怎麼會輸給一個瘦弱，英語都結結巴巴的中國女人？他可以從容不迫地睡到七點半，悠哉的喝完咖啡，再出門上法庭當原告。而他的對手我，五點鐘起床，此時已經在擁擠的高速公路上，繃緊了神經開了一個多小時的車，體力、精力、心力，他都占上風。

前一天晚上，我把法庭辯詞用谷歌翻譯好，一遍一遍地播放，仔細聽。那谷歌翻譯真好，念的音很準，只是語調有些失衡。女兒在一旁調皮的笑彎了腰：「哈哈，媽咪呀！你就把這個錄下來，帶到法庭上播放，這樣你就不用背書了！」這幾天，我的英文水準大大提高。任何事都有它好的一面，這樣強制學習，進步飛快。

九月的天已經有些涼意，十二日早上五點，天色比上個月更加黑了，門前的路燈瞪著黃燦燦的目光，一點也沒有要下班的意思。我穿上黑色西裝外套，和黑色厚西裝裙，裡面的黑白花襯衫的領子翻在外面，莊重中留點朝氣。

比上一次出門晚了五分鐘，路況就大不相同。十號高速公路一路堵車，那付費的通道也如便祕一樣，使足全力，也只挪動一點點。我只喝了一杯白開水就出門。路上堵了近三個小時，廁所也不能去，此時此刻分秒必爭，我心急如焚，只要點名時我未到，他就不戰而勝！美國的法庭就會發出對我的禁制令。我急，我急！我急得冒火！

已經八點半了，還剛到比華利山莊，我想完了！今天一定完了！豐子胡不用費心編故事，就可以大獲全勝。我將被強加一個屈辱的禁制令，一個不良記錄。我一邊在公路上不

斷地換線轉道，每一秒鐘都似生死存亡！不！我絕不放棄！就算今天因遲到而輸了官司，我就上訴！請律師，賣房子也要上訴，討回我的清白！我的決心上帝聆聽了，他憐憫我，為我開道，八點四十我到達了法庭停車場。看到還有身著西裝的人們在緩緩走向法庭，我卻是穿著高跟鞋，飛奔進入法庭大樓。

　　法庭的走廊裡，人們已經開始排隊，準備進入法庭。豐子胡滿臉得意地排著隊，他油亮的頭髮高出人群，一眼就望到了。我氣喘吁吁地從他們隊伍邊走過，衝進了衛生間⋯⋯。三個小時的開車，腿也已經麻木。

　　回到法庭，見到一個四十多歲紳士模樣的英俊白人，我問：「你是律師嗎？我需要幫助。」我身心疲憊，遠道而來，擔心自己會在語言上輸了官司，白來一場。

　　「是。但是今天我不能代表任何人。」沒有想到，他竟是今天另一輪的調解員。

　　昨天一個朋友説：伸頭一刀，縮頭也是一刀，我今天橫下心準備見法官的，豁出去了！不知怎麼回事，那個胖胖的黑人女員警麗莎，又讓我和豐子胡出去，説再做一次調解。那個紳士白人史密斯先生，就是今天的新的調解員。美國的司法竭盡平和解決，仁至義盡，給與每個人充分的機會。男調解員，女調解員都調解了，還不能解決，再交給法官去判，不要讓法官的宣判有一點點遺憾。

　　我説：「不用了，我們調解過了。」

　　史密斯先生説：「我再做一個簡單的調解，很快的。」

於是還是先跟原告面談。豐子胡和他一樣衣冠講究，兩個正人君子，像是一對參加婚禮的兄弟走進了大廳，只是一個金髮，一個黑髮。

果然他們很快就出來了。史密斯風度翩翩地為我開門，讓我進去，正好有幾個人也走進去，史密斯請他們換其他屋子，說是我們已經簽了「保密協議」，外人不能聽。

作為調解員，他盡力保持中立的表情問我：「這份協議書你為什麼不簽，有哪幾條讓你不喜歡的？」

「都不喜歡！這上面全部都是按照他的要求寫的，不公正。」我眼睛正視他，毫不猶豫地說。

史密斯繼續：「噢，豐博士說他很滿意這份協議書，每一條都很好。你覺得什麼不好，告訴我好嗎？」

「一條也不好！我們是人，總會意外弄錯一些事，如果我不小心按錯了電話號碼，或誤發了一個郵件，我就要罰三百塊？這太危險，我不能保證自己做得到。」這是真話，萬一弄錯了，就要罰三百塊，感覺就像每天拿著三百塊錢，提心吊膽地走鋼絲，隨時會掉下去，破財破相。

史密斯先生點點頭：「那麼我勸他把三百塊懲罰拿掉，你同意簽嗎？」

我把自己準備的法庭發言和相關證據交給他，還跟他說了豐子胡和阿無目前的狀況。我說「那些保護女兒……」之類的條例都不合理，都應該拿掉，我才可以簽。他看了文件抬頭問我：「他離婚了嗎？」

「沒有。」我說。史密斯先生皺了一下眉，反感地搖搖

頭。看來同是紳士外殼，內在截然不同。

史密斯先生出去和豐子胡又談了一個回合。

重新回到我這裡，他不疾不徐地說：「我剛才又和豐博士講了，豐博士說……」他一開口就「博士，博士」。

我打斷了他：「這裡沒有豐博士！只有豐先生。」人們總是以外表評判是非，豐的學歷、外表給他很大優勢。「他是博士又怎樣？」我不能讓豐子胡的外表和背景來影響案件的審理。豐子胡有教育，沒教養；有文憑，沒人品。知識犯罪傷人更深。

他有點納悶：「我也可以稱呼您……」

我說：「我不需要特別稱呼。」心想我有「工程師」、「車衣工」、「牙醫助理」、「會計」還有「媽咪」，您叫得過來嗎？此時此地，只有原告、被告。我們學歷不等，工資不等，背景不等，生活處境也不等……，但在美國的法律面前，我們是平等的。

我告訴他我沒有給他辦公室打過電話，並把電話記錄給他看了。

「他可以說你用別的電話打。」史密斯確實是跟他對過話了。

面對著豐子胡的栽贓陷害，我憤怒起來，站起來說：「那麼請他把那個電話號碼找出來，看看跟我有什麼關係！」

史密斯望著我無言。

我告訴他我很緊張，擔心在法庭上的英文講不好，希望

能把我的發言和證據交給法官，直接由法官來判。

史密斯理了一下桌上的文件，說：「就是呀，所以我們要調解，在法庭外簽約，你就不用上法庭了。」

史密斯繼續說：「豐先生不肯撤掉任何一條。也不同意改掉三千塊罰款。」他也覺得沒有希望調解了，準備收場，忽然他的眼裡閃過一絲憂慮：「他是一個博士，你能在五分鐘裡把他的人品介紹清楚嗎？」

我說：「我會盡力，謝謝你！我們就上法庭吧。」這第二場調解，只用了一個小時，顯然，男人和女人的耐心和判斷力大不相同。凱倫她們的調解，讓我想到了小時候大院裡善良的居民委員會主任張媽媽。

我一直不解阿無怎麼會突然變得那麼兇悍，貪財無情害死親娘，原來她有一個更加兇狠的同謀，兩人的合夥犯罪心理更加強大。我處於弱勢無助，所有的努力都做過了，我和這個風流倜儻的美國博士，將在法庭上搏出個「郵件騷擾大案」的是非曲直，相信總有圖窮匕見之時。

## 決鬥現場破費‧初見法官無情

美國經濟蕭條，不少銀行、商店、公司都倒閉了，只有法庭永遠生意興隆。有法庭在，紅十字會也不會倒閉。人們追求公義不惜血本，傾家蕩產也不能受冤屈。美國人追求自由，公正一絲不苟，美國的人權追求盡善盡美。

沒有案子，發郵件就是大案，在法庭莊嚴肅穆地審他幾

個來回！我不幸被迫趕上了這樣的潮流，八小時上班，還有一個孩子、兩隻小鳥和幾個房子要照看，這已經讓我忙得暈頭轉向，百忙之中還要被逼著長途跋涉見法官，也算是在美國的「主流社會」露露臉。劉姥姥進大觀園，緊張兮兮湊熱鬧看個新鮮。

我那五個電郵，在南加州著名的聖塔莫尼卡大法庭，經過了一男、二女調解員，兩次一共七個小時的庭外調解，終告失敗而又回到法庭。我不接受屈辱，寧可冒著心肌梗塞的危險去見法官。

回到F115法庭，把我的發言和相關證據交給黑人胖員警麗莎：「這些是我的文件，請把這些交給法官過目，我們要見法官了。」

麗莎有點忙亂：「你怎麼到現在才拿來？上次的協議書你回應了嗎？」

「我不知道要寫什麼回信呀，我不簽字不是就好了嗎？」我一頭霧水，完全不懂法律的程序。

她生硬態度地說：「你趕快到六十二號窗口交錢，把所有的文件都複印三份拿來給我！」

這已經是十點半了，上午的開庭即將結束，所以麗莎急著要交文件，不要拖到下午。

「交什麼錢？」我問。我這不是被告嗎？本來就要開庭的，為什麼還要交錢？

麗莎用手指著那疊回應的文件說：「你要法官看你的材料，就要付錢。他要法官看他的材料，已經付過了錢。你趕

緊去吧，要不然來不及了。」

　　我忽然想到趕房客時，房客要回應也要付法庭費用，理解！趕緊跑到文檔收件處六十三號窗口。哇！回應要支付四百三十五塊！這下破財了，而且別無選擇。破財是保護自己，不破不行，就交了信用卡。這錢應該由豐子胡負責！他們偷盜了媽媽的全部遺產，還要我遭受他們的迫害，損失自己辛苦賺來的錢。

　　我老老實實把三份文件一張不漏地交給麗莎，她拿了一份到門外交給了豐子胡。我看到他戴著眼鏡慢條斯理地接過文件，胸有成竹地翻閱起來，我心裡更加緊張。

　　在法庭，就像賭博，沒有人能保證輸贏，一個很小的失誤就會全盤皆輸。球星辛普森的案子，台灣富商老婆林麗雲殺二奶的案子，都是出乎意料的結局，那是律師的文化學歷占了上風。今天豐子胡有那麼多的優勢，高大的外表，高深的學歷，熟練的語言，和富有的經濟狀況，都讓他有絕對的自信。

　　我不能怕！只要把想說的話，全說出去了，是輸是贏由老天做主吧！這是美國，自由、公正、平等的地方，我對美國有信心。

　　我坐在法庭裡，翻閱著自己的講稿，不知道是冷氣太大，還是緊張，我的手腳冰涼，一直顫抖著。手裡的紙不聽使喚地抖動著。我想，不能讓豐子胡看到我發抖的手，不能讓他增加更多的信心，我必須安靜下來！我把手臂抵在膝蓋上，然後深呼吸，對自己說：「不怕！反正就照著紙念，法

官能聽懂的！放鬆，放鬆，一切都會過去的……！」我又想到爸爸，媽媽在天上，他們一定希望我平安，我會的！我把媽媽的照片拿出來，看了一眼，心裡平靜了很多。

我做一切的努力使自己安靜下來，先習慣法庭環境，不至於見了法官緊張地昏過去，下次還要重來一次。

本庭的大法官是喬治，旁聽席上只有我一個人，這是一對夫妻爭奪兒子的官司。我只聽見那個法官大叫一聲：「什麼?!九歲的男孩和媽媽睡在一起?!不行！兒子不能在你那裡住了。」

「沒有啦！他有自己的床的，我有大的房子，他可以住的……」這個骨瘦如柴的美國女人嘟嘟嘟説個不停。

「停！你不要説了！我這裡已經有證據，你沒有東西可以證明你説的。」法官用手指堵著嘴，呵斥她不准再説話，他堅持著自己的判斷。

這個媽媽哭了起來：「啊，我的寶貝！我不能見我的寶貝啦！哇……，我要他回來跟我住……」她不聽法官的話，繼續講下去。

法官再次打斷她：「停！你不要跟我辯論，我這裡有證據，孩子也不願意跟你住。除非你改變，拿出證據來。」法官的決定是不可能改變的。員警和書記員也站起來，阻止那個媽媽發言。

我想這算什麼事！九歲兒子跟媽媽睡在一起，有什麼奇怪的？在中國這很正常。在美國就看成天大的事了。只聽説過父親猥褻女兒的，沒有聽説母親傷害自己兒子的。兒子是

媽媽的前世情人，怎麼會不願意跟自己媽媽一起住呢？那個男人用幾塊糖就可以讓孩子寫張不想回媽媽家的字條。這裡面究竟怎麼回事，我的英語不夠用了。

我覺得這個法官顯然是大男子主義者，對女人不利，心更加揪起來了。這時候員警說法庭休息，大家出去。我走出法庭大門時，員警麗莎遞給我一大疊紙。我一看，這是豐子胡訴狀裡的證據，這最後一秒鐘才到我的手裡，已經沒有時間看了！而我的那一些證據已經在他那裡半個小時，他足以準備應答。

我坐在外面的長凳上看著，那個輸了官司的媽媽也走出來了，我同情地望她一眼，她似乎有很多話要說，就坐在我的身邊說：「法官好兇哦！」

「你去找個律師吧！」我不知道說什麼好。

她感動地握著我的手：「謝謝你！你真善良，看看這就是我兒子。」就拿出手機，把兒子的照片給我看──一個金髮碧眼的小洋娃娃！大眼睛對著鏡頭，笑得燦爛甜蜜，非常的純真可愛。

「他太可愛了！」我忍不住說。

她又哭了：「他不能回家跟我住了……」

我用手輕輕撫摸一下她的背，安慰她：「還是找個律師吧。」

她看著我問：「你是律師嗎？」

「不是。」我自己還在煎熬之中。

她說：「你穿得很典雅，身材那麼美，真好看，做過模

特嗎？」

「沒有，我是服裝公司的會計。」我為自己的案子憂慮著，用手指指文件説。豐子胡就坐在不到十尺的地方，我無心跟她聊天。

她點點頭，表示理解：「祝你順利！」站起來，擁抱我一下，微笑著打個勝利的手勢走了。

我很擔心會和她一樣的下場。那一大堆文件我根本來不及看。豐子胡為什麼到最後一秒鐘才把它給我？他是全力以赴要打擊我，真不知道為什麼？我跟他無冤無仇，他不是「愛」著我的親妹妹嗎？這樣的人能成為「家人」嗎？把我們姐妹鬥得四分五裂，他又能從中得到什麼好處呢?!

五分鐘後，我們就要正式對簿公堂，讓法官判個明白，已經完全沒有退路了。

## 美國博士費盡心機，玩弄法律終歸零

九月那一天的上午，聖塔莫尼卡法庭的F115法庭大門為我們打開了。我拿著厚厚的法庭文件走了進去，豐子胡也提著黑色公事包神采奕奕的走了進來。

員警麗莎讓我們走到審判席前，那張寬大的木質桌子上有兩個牌子寫著「原告」，「被告」。在中國，通常「被告」都是嫌犯，有生以來，我第一次嘗到當「被告」的滋味，也算填補了人生的「空白」。

豐子胡精神抖擻地走到了「原告」席。

★法庭門外

　　我被帶到那個敗訴的媽媽先前站的「被告」席上。這樣的場景，對我非常不利，心情又沉重起來，緊張又擔憂。

　　大桌子上有兩個話筒，以便讓高高在上的大法官，聽得見我們百姓「微弱的聲音」。

　　我把文件都放在桌子上，和心情一樣有些凌亂。而豐子胡井井有條地把文件分類放置，他的動作和姿態就像準備開課演講。

這桌子很大，我發現有足夠的地方，就把剛拿到的豐子胡的文件攤開。讓我納悶的是：我給他發的五個郵件統統加起來一千兩百個字，不到一頁紙，怎麼會變成那麼厚厚一大疊？都是些什麼證據？我仔細一看，原來他把我給阿無的郵件也全部帶來充數，全是中文的郵件，他特意把字體全部放大，一個郵件就變成了好幾張紙。法官看不懂中文，看到那麼多張中文字一定誤以為「郵件」騷擾程度很嚴重。

同時他還把他的英文郵件：「我不是你家人，對你家的事不感興趣，我要告你騷擾……」這幾句話，用英文小字列印出來，與中文的郵件相比，更顯得「騷擾」信件之多！

除此之外，還加一段無中生有的故事：「七月二十二日，阿無的姐姐打電話到他辦公室，向祕書探聽豐子胡的手機和私人資訊。」

此時此刻，我才恍然大悟，豐子胡為什麼能讓凱倫、伊莎貝爾、史密斯相信他受到了嚴重的「騷擾」！他用這厚厚一疊中文「騷擾郵件」；一個「辦公室刺探隱私」的電話，虛晃一招，擊暈了文檔收件立案部門，又搞定了兩個女調解員，擺平了史密斯，一路殺到法庭上。他自信下一步就能把我給澈底摧毀。

我暈了！已經沒有時間翻譯這些郵件，也來不及分出哪些是給阿無的郵件。我只知道我沒給他的辦公室打過電話。我給他打過四個電話，都沒人接，我有電話帳單為證。他利用語言的優勢誣陷，製造案件折騰我，是為了掩護他幫阿無偷盜媽媽遺產一事，以攻為守。此時此刻，我能說得明白

嗎？法官能辨別是非黑白嗎？這時，大法官進來了！在這「被告席」上，我才近距離看清楚。他那雙又圓又大的藍眼睛突出，特別的藍，有些浮腫的白膚色臉頰微微下垂，頭頂上飄過幾根長長的銀絲髮，大約七十歲左右。他的表情深沉莊重，像個家長，穿著一身黑色的法官袍子緩緩走到審判席。

我站了起來，以示對法官的尊重。豐子胡看到我站起來，他也站了起來。

一會兒書記官站起來，舉起右手，我們也舉起右手宣誓：「我保證：我在法庭講的都是事實……」

「YES！」我們同時回答，然後坐下。

「你先說說。」法官把頭轉向豐子胡。

豐子胡從容不迫地演講起來。他的英語我聽不太懂，連懵帶猜大概的意思是：他不認識我，兩年前見過一面。後來他遇見了他的「兒童時的鄰居」、「中學同學」阿無……。他在撒謊，他們以前根本就不認識。豐子胡費盡心機把他拋妻棄女的婚外情，修飾成鄉情、真愛情。

他接著說：最近突然收到我的騷擾郵件，他警告我不准以任何方式聯繫他，我還是繼續發很多郵件給他，還打電話到他的辦公室；影響他工作……。最後說他的「女朋友」阿無，可以證明我是很兇悍的人……。他抬頭面對著法官，一字一句有條有理地用英文陳述著。

他的女朋友？那是我的親妹妹！她怎麼會與這樣一個有家室的男人一起來迫害自己的親姐姐！這世界怎麼變成這

樣！我低頭看著那些放大字體的中文郵件，心裡猶如被萬隻小蟲啃咬，又疼又噁心，憤怒又無奈，我的發言詞裡沒有準備這方面的回應，這個冤枉我可洗不清了！他利用中文、英文的文字差異來玩弄法官。我又怎能在這陌生的環境，用短短時間把這一切說明白呢？我的時間不夠用啊！

法官大大的眼睛突然睜得更大，頭一歪大聲說：「啊？那麼就是沒有理由的發郵件給你囉？那麼我就要批准這個禁制令了！」

聽到這，豐子胡得意洋洋地站起來說：「她妹妹還寫了電話錄音證據，已經交給你了。」一邊說，一邊指向法官的桌子。煮豆燃豆萁，而他就是那個點火的人。

法官並沒有看妹妹寫的揭發姐姐的證據，而是繼續問他：「一共給你發幾個郵件？」

他神氣活現地舉起手，五個手指張開：「五個！都給你了。」

法官低頭翻一下那一大堆文件說：「我看到了，都是中文的。」他也認為我發了厚厚一大疊郵件給他！

聽到這話，我心跳得亂七八糟，慌忙高高地舉起手！法官轉頭向我：「你說吧。不過不要說你家裡的事。」

這時我完全忘記了昨晚剛剛學會的那句尊稱「尊敬的法官大人」（Your Honor），也忘記該從哪裡開始，呆呆地望著法官。法官再向我點點頭，意思是：「說呀！」

我趕緊找出那張發言稿，沒有開頭地念了起來：「我媽媽突然去世，我妹妹偷盜了遺產，媽媽的骨灰尚未入

土⋯⋯」

「不要說這些。」法官毫不留情地打斷了我的話。

我一急就直接說：「他和我妹妹有婚外情，躲起來，沒人知道他們住在哪裡。他們的妻子和丈夫都只有郵件和電話聯繫⋯⋯」

法官正面望著我，好像我是先前那個案子的失敗的媽媽，再次打斷我：「這不是你的事，這是你妹妹的先生的事，他可以找豐先生，而不是你。」

「可是，我妹妹幾次回去騙媽媽，偷盜媽媽的錢，他都和她一起去的！」我又急又恨，用一隻手掌指向原告席。

法官停了一下，並沒有為我的無禮而惱怒，他問：「你媽媽什麼時候去世的？」

「六月二十日」我永遠不會忘記這個沉重傷痛的日子。不到三個月，我居然已經被親妹妹的外遇男人告到法庭，心痛如刀割。阿無騙取了媽媽幾十萬喪葬費，在葬禮後就失蹤。沒有跟我們商量，瞞著我們把媽媽的骨灰弄到美國下葬，因為墓地比中國便宜，她在其中還有利可圖。

「我們找不到阿無，她偷了媽媽的錢，把媽媽的骨灰弄到美國下葬。媽媽的遺願要葬在中國，她一生都在中國生活，沒有人希望自己葬在一個只是旅行過的地方。」說到這裡，那個原先態度冷漠的書記員，對我送了一個贊同的眼神。

我已經忘記了那張發言稿，急急忙忙把話都說了出來：「阿無躲了起來，不接我們的電話，也不回信，她和豐子胡

在一起，只有他知道她在哪裡，所以我給他發郵件。」

　　法官的大眼睛不再那麼強硬，語氣也變得溫和起來。像一個長輩一樣對我說：「我理解你的感受，理解你生氣，但是你還是應該找到你妹妹，你可以告她，通過其他方式找她，豐子胡不是你家裡的人，你不需要找他呀。」我點點頭，這話對。法官的話雖然我不能百分之百地聽懂，但我很感激法官耐心地教我怎樣去做。

　　法官講了很多方法，又溫和地問：「那麼你還想給豐打電話嗎？」

　　我搖搖頭：「不需要，我已經把他的電話號碼刪除了。他從來不接電話。還誣告我。」

　　法官又問：「你還要給他發郵件嗎？」

　　我回答：「不需要！他不回覆我，還把我弄到法庭來。」他那麼怕和我交往，必有見不得人之處，這樣的人再跟他說什麼呢？我們永遠也不會再交往了。法官說了，他不是我們家的人，永遠都不是，他不配！

　　這時豐子胡卻突然舉手大聲說：「她不可以在別人的郵件裡提到我，也不准她跟別人說到我。」他還怕自己做的事被人知道丟臉面。

　　法官把臉轉過去面對他，嚴肅地說：「NO！這是她的自由，美國憲法規定言論自由。我不能限制。你自己做事檢點些，不要讓人家說你，或者你認為她誹謗你了，你可以起訴她，但是我不能限制她的自由。」

　　然後大法官正面對著我們兩個人，鄭重地宣佈：「This

case is dismissed（這個案子不成立）」。這句英語，我聽得澈底的懂！這些天的煩惱、委屈、憂慮造成的精神折磨和壓力，到此算是完全結束了。

法官還加上一句：「我不希望在這裡，再看到你們。」

是呀！讓一個大法官、兩個書記官、三個調解員、四個法庭員警、還要加上辦公室收費，複印文件的小姐帥哥們十幾個美國人，在這樣一個高大的建築物裡，花了兩天來審我那五個電郵造成的案件，我們交的那些法庭費用，是絕對不夠的。如果美國人民都這樣做，美國的法庭一定會紛紛破產。

我們站起來，各自收拾自己的文件。我已經澈底擺脫了被誣告的煩惱，獲得了心靈的自由！深深感謝法官大人明鏡高懸。走到外面，黑人員警麗莎特意過來擁抱一下我，說：「我同情你的媽媽，你要好好照顧自己。」

我說：「我的英語不好。這個案子就這樣結束了？法庭是不是要給一張紙證明結束呢？」

麗莎說：「很好，很好，你的英語很好！這個案子駁回訴訟，就是他敗訴。他的訴訟像垃圾一樣丟進垃圾箱裡，沒有任何記錄，沒有什麼紙了。這樣的壞人，離他遠些，你要好好保護自己，讓上帝去改造他們！」我很感動，一個黑人員警能看透博士醫生的新襯衫，花領帶，高級眼鏡後面的醜惡靈魂，真是令人尊敬。麗莎又誇我好看，好像我的一個老朋友。豐子胡什麼時候從我們身邊溜出去的，誰都沒有看到。

　　離開法庭，我轉彎去了海邊，聖塔莫尼卡海邊是那麼的
美，今天的陽光格外明媚，沙灘格外美麗，蔚藍色的大海格
外迷人，我拍了幾張照片留念。我的心兒在燦爛的陽光下飛
了起來，無比的輕鬆愉快，只有經歷了苦難的人才會體會到
這樣的幸福。我愛美國！這裡是個幸福安全的地方，我遙望
藍天白雲，告訴爸爸，媽媽，我沒事了！請你們放心！

★聖塔莫尼卡海邊

# 收復領地

　　經過三個月的纏訟，縣警察局發出通知，一月十六日早上十點鐘，員警將執行法庭判決，通知我去換鎖，請那個黑人兄弟派屈克離開我的私人領地——坊塔那的一個小房子。這棟兩層樓的小房子買來只花了五萬五美金。在那個被稱為「汽車旅館」的城市裡，每年趕一次房客，心情總是很緊張，法庭的工作人員都已經成了老熟人。一個紐約的好朋友是個心裡非常強大的房東。她鼓勵我說：「不要怕，上法庭如同去超市」，今年我就已經去了兩次「超市」。

　　昨天午餐時間，我抽空先去探視一下，飛車到了那裡，百葉窗簾掛的嚴實。我躡手躡腳地走到小院子外，趴著木欄柵向裡張望。天哪！廚房裡面燈火通明，冰箱、爐灶萬事齊全，煙火正旺。不到二十四小時員警就要來了，派屈克還在淡定地享受著生活。

　　他的坦然令我感到不安，明天早上我能來換鎖嗎？房子能按時收復嗎？員警來了會不會發生槍戰？我又要怎樣面對派屈克？我們已經在法庭見過兩次了，真的有點害怕。

　　不管怎樣，先到車庫裡找到那只舊鎖頭，和工具箱一起放到後車廂裡。這是去年換下來的，明天又將換回去，一年換一次。

這個晚上我是在忐忑不安中度過的。一清早，心事重重地來到公司請了假，拿上警局的通知，開車就走。一路上，我想像著如果我到了那裡，派屈克看到我會怎樣。我和他非親非故，這房子已經讓他免費住了三個半月，就算不感恩，也應該沒有仇恨了吧？！他寫的最後一封內容帶著仇恨的信，矛頭對著是法官，而不是我。

派屈克是個正宗的黑人，黑得晚上讓人難以發現，個子高高，大眼睛望著我，如同黑暗中手電筒射出來的光，強烈的立體感。他長得挺英俊，但是年紀輕輕，脾氣不小，自卑又自負，隨時會神經質地冒火。他自信美國是屬於他們的，所以凡事必訟：公司裁員，他控告老闆；被拖了車，他控告社區；社區不管，他說要控告房東……。我怕被他控告，隨叫隨到盡善盡美地為他服務：他說要窗簾，我給買；他說水池滴水，我立刻去換；他說冷氣不夠冷，我馬上找人去修理。他鑰匙忘記帶了，也打電話給我。他把房子刷成六種顏色，竟然從房租裡扣了油漆錢……。

所以他在法庭說過我是個好女人，很「Nice」。希望最後一次見他時，千萬不要傷害我哪！反正我到了那裡，堅決不下車，在車裡等待員警。

我諮詢過律師，如果員警去了，會立刻請派屈克從房子裡出去，然後讓我換鎖。他的傢俱將另行安排時間來取。有人建議我，找兩個男人去幫他把東西搬出去，一勞永逸。我準備好了，必要時去「紅地炮」門口找人來幫忙。「紅地炮」是房屋裝修材料超市，每天有很多身強力壯的墨西哥人

在門口等待工作，十塊錢一小時，要幾個有幾個。

從古到今，收復領土都要經歷戰爭。平時遇到危機恐慌，我會帶上小黑手槍，今天不用，員警的槍比我的大，槍法比我準，我只要躲得好好的就行。女人被男人保護天經地義，不管他們是誰。

車轉進了小區，看到我的「領土」靜悄悄，車庫門完好無損地關閉著。我壯著膽子把車停到了最近的地方一看，百葉窗簾不見了，玻璃沒有碎，樓下客廳已空，一把折了腰的掃帚，還有一支撐著的拖把，懶洋洋地靠在牆上，留給我打掃現場。派屈克兄弟昨晚連夜搬了家？奇跡啊！讓我十分驚喜，應該不會有槍戰了。

我在外面轉了一圈，心裡還是慌慌的，不敢獨自進去，萬一有人躲在裡面怎麼辦？半個小時過去，心理漸漸強大起來，壯膽對自己說：自己的家怕什麼！

我走進小院子，輕輕轉動了門鎖，輕手輕腳地邁進了門，廚房裡的樹櫃都打開著，裡面空蕩蕩，似洗劫一空。我走到樓梯口，剛要上樓就聽到樓上有響聲，嚇得拔腿就跑，回到小院子裡，心怦怦地要跳到地上。雖然是自己的家，客人瀟灑離去，主人倒像做賊似的。

為了安全，我還是等待員警大俠來吧！十點到了，員警沒來，只來一個電話：「索非亞，我們會來晚一些。哦，不是，是9208的瀟瀟，我們會遲到幾分鐘，請你等待。謝謝！」

索非亞，瀟瀟，都在等員警？「汽車旅館」市的員警真忙！

十分鐘後，一輛白色廂型警車開進社區，裡面跳下個虎背熊腰的壯員警，顯然他穿著防彈衣：「他們搬走了？」

「是。」我說。

他邊走邊伸手：「把鑰匙給我，你先不要進去。」這種保護人的口氣，讓人感到信賴。他拿過我手中的鑰匙，大搖大擺去開門。雖然他個子還沒有我高，卻有高大的英雄本色。

「你可以進去了，現在這房子歸還給你，你可以做任何你想做的工作了。」可能這是程序用語，經歷了三個多月的訴訟，我終於可以大搖大擺地走進了自己的家門。

「員警先生，你們很忙吧？謝謝你啦！」我對他的到來，是心存感激的。如果沒有他們的出現，派屈克是會死守陣地，絕不退讓的。那天在法庭，法官判他必須搬出去，他還問一句：「那麼我還可以在這裡住幾天呢？」他果然住到最後一個小時。

員警拿出一張紙讓我簽字，說：「是呀，今天有十四家，明天還有十三家。請你在這裡簽字，寫上你的電話號碼。」

「哇！每天那麼多家？」我吃驚地簽著名字、電話號碼。算一算每個月大約有三、四百家房客在等著員警。

員警遞給我另一張紙，寫著：如果房客留下任何財產，須付存儲費給房東，十五天內房客必須來取。十五天後，房東可以賣掉或自己留用。看起來那快要斷掉的掃帚和拖把，依法在十五天後我才擁有使用權。

　　他在窗子上貼了一張醒目的紅色通告：這棟房子已經被房主收回，任何人不得入內。然後就匆忙離去，趕著去索非亞，侯賽，斯蒂芬……下面的十三家了。我真想跟著他，看看這幾家的房客究竟都是什麼樣的人，說不定下一個又將搬到我的房子。

　　檢查了房子狀況，所有的百葉窗都被拆除，無影無蹤。掛在樓下衛生間洗臉池上的鏡子，鑲著黑邊，也隨黑人兄弟去了。衣櫥裡有一隻鞋子和一件T恤算是他儲存在我這裡的。樓上的響聲是他倉惶出逃時，來不及關閉的排風扇發出的。牆壁的六種顏色是：大紅、金黃、深墨綠、紫醬紅、土黃色和廁所裡的褐色。為了把這一千一百尺的房子塗成調色板，派屈克搬進來的第二個月，就理直氣壯地在房租裡扣除了一百五十塊，並答應說退房時，一定會刷回原色，我不信不行。

　　黑人兄弟天涯海角當家作主的精神真是令人佩服，以前我當房客的日子，連一顆圖釘也不敢上牆。現代楊白勞確實比地主黃世仁瀟灑坦蕩。

　　我驚喜地發現廚房的桌子上，放著那只黑乎乎的車庫遙控器！心裡真是感動！派屈克是個好男孩，把遙控器歸還給我，說明他還是快樂地搬走了，肯定沒有做破壞房子的事。就這樣，我已經非常滿足，感激得真想打個電話去謝他。

　　租房的廣告刊登出去了，已經收到幾位來電。我先去「紅地炮」看看刷牆的塗料。走進大門，那個穿戴著橘色圍裙的老頭，笑盈盈地迎上來：「好久不見，你又來啦！」

　　「是呀！一年了，這次不是買地板，是買塗料。」我高高興興地推著購物車，走進明亮寬敞的店堂，心裡是多麼輕快！這個週末又是一個改天換地的日子，我的搖錢樹要換新衣了。

　　世界和平萬歲！

★員警到場驅趕

# 艾斯瑞終於走了

生活在美國。有兩個角色幾乎人人都避免不了：房客或房東。人世間的誠信與欺詐；文明與野蠻；智慧與愚昧，都在租房交涉中表現得淋漓盡致。作過房客，當過房東，百態人生，盡收眼底。

## 房價如車價，房客如流水

二〇〇九年美國經濟像沖浪一樣直瀉而下，股票跌，房價跌，利息也跌，人們似乎沉睡著，沒有想起來投資房子。我買這棟房子純屬意外。大鬍子經紀人耳林先生，突然給我一個資訊：有個房子只售五、六萬，沒人買，還可以討價還價。聽著讓人驚喜，房子比車子還便宜？市場真是讓人暈了。我這個喜歡逛跳蚤市場的人，特別興奮，碰到超級廉價商品，不假思索就下了訂單。

我滿心歡喜地買下了一套五萬多元的康斗（Condo）。這是個兩層樓的房子，樓上兩臥房一浴室，主臥有扇大玻璃門面向陽台，坐在陽台上可以隱約看到遠處的雪山。樓下白色瓷磚地，亮堂堂地輝映著乳白色的牆，給人以新房子的感覺。樓下有廚房、衛生間、車庫，還有一個種了玫瑰、海

棠、夜來香的小院子。傍晚走進院子，有點「遙知不是雪，惟有暗香來」的味道。

我買房子不是為了賺錢，不小心卻變成一個很好的投資。算一算這個兩層樓的房子，兩個廁所一個廚房，還有陽台車庫，五萬多買材料費也不夠的，賣價比成本還低，買來還可以出租賺錢。一個會下蛋的老母雞呀！這樣一年出租可賺一萬多，要不了多久，這房子就是一個免費下蛋的金母雞。

查了一下歷史資料，這房子曾經賣到過十五萬，現在只是當初三分之一的價錢。說明過幾年房子還會漲價，怎樣也不會虧本。想想買股票的人，買來賣去風險很大，電腦一關機就啥也沒了，輸到想跳樓。而買的房子不管風吹雨打、行情跌漲，永遠矗立在那裡，一磚一瓦都是看得到的錢。

鑰匙拿到手就出租，租金一千二。房客是個洪都拉斯的飛行員，以前開飛機，現在開卡車，常常不在家。租了一年突然失蹤，說是回拉美島國，半個月就會回來。左顧右盼兩個月，仍不見君歸來。找人開門進去，人去樓空！不知道房客為啥不辭而別？天花板上有個大洞，足夠一個人掉下來的。修補也不過花了六十塊錢，為什麼要逃之夭夭？

第二個房客每個月付錢很主動，但是常常自動降價三塊五塊的，混過了一年。搬走的時候，他並不欠房租，可是欠我一場史無前例的勞作：廚房地上流淌著咖啡色的水，廚櫃裡掃出是如山的無名白粉夾著蟑螂屍體。開門進去，好像走進昆蟲研究所，各類品種的蟑螂和飛蟲在白色的地磚上緩慢爬動，讓人渾身發麻。樓上地毯可見狗的糞便，屋裡的味道

讓人窒息……

　　鄰居家的黑人男孩過來幫我清潔，廚房的櫥櫃裡一堆堆白色的粉末，要爬得很高才能把它清掃出來，男孩用掃帚用力掃，粉末飛揚彌漫了整個廚房，嗆得我們不停地咳嗽，我拿口罩給他，還是很難抵擋粉末嗆鼻。他把最髒最累的活幹完，我很感激，如果沒有他的幫忙，我自己是無法完成的。他也說這是有生以來看過最髒的房子，無法想像有人能在這樣的房子裡生存。我買來消毒水、清潔劑、刷子、塗料，週末就全身心地投入清潔勞動，刷牆、拖地、擦浴缸。省錢是美德，也是投資之母。

　　租房廣告登在Craigslist網上，同時「For Rent」的牌子也插在了街頭。很多人在二〇〇六年跳進高價房的火坑，又趕上了二〇〇九失業潮流，到處是「For Sale」和「For Rent」的牌子。買房的不多，而房客卻如潮水一樣湧來。每天忙著接電話，但是客人一進門就捏著鼻子轉身，被狗屎的味道熏走了。

## 被騙是一種幸福

　　艾斯瑞開著一輛白色的箱型車來到門前。那是一個正宗的墨西哥人，後來才知道他的證件至今還是墨西哥政府發給的。他中等個頭，石墩一樣壯實，黑黝黝的皮膚光亮健康，大眼睛，微微突出的小肚子，背像插著一塊木板一樣筆直挺拔，相貌憨厚老實含幾分純真。他衣著乾淨，相貌堂堂，渾

身散發著古龍香水味。他有一個傻楞楞望著我一語不發的老婆，和一群不同膚色的孩子：一個長得像媽媽，不過眼睛裡是有英語的；一個八歲男孩頭髮染了一小撮金黃；還有一個女兒是黑人，長得誰也不像。據說還有一個十六歲的兒子……。艾斯瑞的車尾部被撞得坑坑窪窪，載上一家人也不影響行駛。這家看來是個健康的家庭，有父母，兒女，像是正常過日子的。

　　他是看著路邊的牌子找來的。不在乎滿地蟑螂和狗屎的味道，說是要幫我清潔房子和修理房子。我已經刷過的牆，他說要再刷一遍，還要幫我換地毯，修陽台的欄杆，修窗下的白蟻蛀洞。這些都是必須做的，HOA（社區管理部門）已經給我寫了好幾封信，請我按他們的要求修改房屋。艾斯瑞一口一個：「No problem！（沒問題）」在這個注重誠信的國家裡，聽著舒服。他開出的修理費很低，我沒想到他是用謊言把我引進了一場騙局。

　　講完清潔修理價格後，他當場交給我四百塊租房押金，接著準備開工修房子。我把鑰匙先交給他，讓他進屋繼續清潔和修理。雙方講定：完工後付清押金和房租再簽約搬家。他拍著胸脯說「No problem！」

　　人在被騙的時候是很幸福的，如果一輩子被騙不醒過來，那就是一輩子幸福。我暗自慶幸，這個艾斯瑞是福星，讓我在最短的時間裡，找到了房客也修好了房子，讓我好省心。如果這個美夢是真的，該多美好！

　　加州進入了最熱的日子，陽光烤著大地，氣溫達到九十

幾度。車輛喘著粗氣，輪胎幾乎要溶化在街道上。兩天後，我冒著酷暑去檢查是否完工，當我的車轉進社區，看到網球場邊上，停著一輛搬家大車，艾斯瑞沒有在修房子，而是轟轟烈烈地在搬家！他的兩個兒子，兩個女兒，一個老婆，還有一個老媽媽，老姐姐一起來了，而且已經接近尾聲。

錢還沒付，房子也不知道是否完工，就要搬進去？我急忙進屋看看修理狀況，兩個房間：一間是粉紅地毯，一波一波地起伏不平，似粉紅色的海洋；另一個房間是深灰地毯，中間還有一堆堆黑色的汙跡。地毯四周狗啃過似的亂翹在牆邊，沒有釘，也沒有拉緊。

「地毯怎麼不一樣顏色？好像用過的？為什麼不拉平就收工？」我退到陽台上慌忙問。

「我和太太都很喜歡這個顏色！誰住在這裡？又不是你！」他居然理直氣壯地對我說出這樣的話。並且向我邁近一步，神氣活現地大聲說：「我們搬完家，就會完工的。我們不急，你急什麼？」聽著好像我們換了角色，他是房東，我是房客。

豈有此理？這是我的房子，修理費也是我付的，應該按照我的要求去做呀！

「修理費用是我付的，應該我滿意才行。如果是你付的錢，你就作主。」對待狼就要用狼的語言。我向後退了一步，腰已經觸到陽台的欄杆上。說這話時，心裡開始發慌。

「OK，等我們搬完了家，我會換成一樣顏色的，No problem！」他直視著我，改了口氣。我趁機繞過他，逃到

樓下，真怕他一揮手，就讓我從二樓陽台上直接下了樓。

在樓下腳踏實地，心也不慌了，討論正題：「你的房租押金都沒付清，怎麼就搬進來了呢？還有我需要看你的證件。」我表明了意圖，說得在理。

「現在那麼熱，我們搬得那麼辛苦，你還跟我要這些？我不租了，你把四百塊押金和修房子的錢給我。」他竟然怒氣沖沖地跺一下腳，很委屈的樣子。嘴裡不由自主的「發可，發可」

「你罵誰？你再發可，我就叫員警。你這樣罵人是要進監獄的！」我憤怒地制止他的粗魯無禮。奇怪，我的話居然鎮住了他。

「I am sorry！」艾斯瑞倒是很會玩敵進我退的把戲。看到我發火，馬上變臉微笑，反覆道歉，我心又軟了下來。

這樣熱的天，搬家真的辛苦，那些孩子無辜地坐在車庫裡，高高興興地等待搬進新家，碰上房東來逼父親交錢，活生生一部《白毛女》的故事在美國重演，而我就像那個惡霸地主黃世仁。這戲有點演不下去。

事到如今，再換人修理，重新出租要耽誤很多時間，反正早晚是要出租，租給他們和租給別人沒有什麼大的差別。我放鬆了警覺：「好吧，今天你們就忙，你說什麼時候我再來拿錢，簽約和檢查房子呢？」

「明天我付錢！駕照星期一保證給你！No problem！」他滿頭大汗，用T恤擦一下額頭，拍拍胸脯堅定地說，那認真的神情，是人都信。

## 醒來已是黃昏

第二天下班，我又去了那裡，帶去了租房合約。

「我現在只有四百塊，先給你，週末我一定把剩下的交齊，相信我！」艾斯瑞一邊說，一邊捏著拇指，做著數錢的手勢。此時此刻，我能怎樣？叫員警？趕他們走？還是再相信他一回？沒想到這第一個月就開始了艱難的催討房租的旅途。我拿過錢，心裡忐忑不安。艾斯瑞是心理學家：「我保證後天一定給你！No problem！我是一個好人！」他那忠誠堅毅的眼神猶如宣誓，給我巨大的安慰，不信也不行。

本來是寂寞的週末，自從來了艾斯瑞，變得無比充實，幾乎靈魂出竅。後天能不去嗎？我風風火火地趕去，他扣除了尚未完工的修理費用，只付給我八百塊，還差五十塊說要到週五晚上七點再去拿。租房合約的名字是他臨時寫的，駕照要到下週一才能給我看，說是在他媽媽家。他急著要我把合約給他，他要合法地占領這個房子。

美國保護私人財產，租房合約條文中多數是有利於房東的。我從來沒仔細看過讀過租約內容，就交給了艾斯瑞。

週五晚上的計劃本來是看電影，去健身房游泳，約朋友吃飯，盡情抒解一周的壓力和辛苦。可是現在不行了，艾斯瑞的欠款在等我。錢雖然不多，但是不能讓他們養成拖欠的習慣。下班後我餓著肚子開車直奔那多災多難的小房子。五十塊也是錢哪！

　　七點整。我到達車庫門前。艾斯瑞的老婆孩子一群人熱情地望著我，男主人不在家，我只好和他們一起伸長脖子等待。

　　「他快要回來了。」艾斯瑞的一個女兒翻譯了母親的話。

　　孩子們天真純潔的眼神是世界上最美麗的窗戶，無論什麼膚色，那眼睛裡面總是一樣的清澈純真，美的讓人釋懷。

　　我和孩子們聊天：「喜歡學校嗎？」「長大想做什麼？」

　　「我長大想做老師。」其中一個大眼睛說出了我的希望。

　　「好呀！好！你現在就努力學習，等你有了好成績，告訴我，給你獎勵。」我說到會做到的。我打算年底從收的租金裡拿出一部分，給房客家的孩子付一些學費，作為回報，還可以抵稅。

　　等了半個小時，艾斯瑞還沒有來。就打電話給他，他說在路上，十分鐘到，要我繼續等。

　　我就傻傻地繼續和孩子們聊天，還到車廂裡找出兩件新衣服，送給了那個想當老師的女孩，看著孩子們快樂的樣子，心裡也充滿愉悅。

　　一個小時過去了，艾斯瑞還沒回來。他電話還是說馬上就到。天色已暗，饑腸轆轆，我感到有點委屈，賺錢可真不容易。但是已經等到了現在，說不定再等幾分鐘，就可以結束，不必明天再跑一趟。

　　家人都知道我守時，如發射火箭，但是沒有耐心等人，十分鐘是極限，肯定走人。這回用盡了一生的耐心，為了等五十塊錢，自己都覺得有點吝嗇鬼的味道。

　　九點鐘，天已經完全黑了，看來沒有希望了。一個人在這無依無靠的地方等了兩個小時，而且這世界上沒有一個人知道我在這裡，萬一出什麼事不值得。於是我只好掉轉車頭回家吃泡麵了。

　　車剛上了高速公路，就接到艾斯瑞的電話：「我們十點半在你家附近見面，我把錢給你。」

　　「NO！NO！NO！明天再說吧。」我工作一天，又餓著肚子等了兩個多小時，已經精疲力盡，不想煮著泡麵再出門，而且是深更半夜。

　　「OK，明天中午一點鐘你來，我保證在家等你，No problem！」他的保證已經很說得順溜。

　　週六我去取錢的路上，收到艾斯瑞的電話留言：「今天我加班，明天中午一定等你。No problem！」又改期了。

　　為了五十塊錢，我一個週末跑了三次，等了三個多小時。這第一個月的房租分四次交，跑七次才拿到，如果每個月都這樣，房租拿來都不夠換輪胎了，十分令人焦慮，

　　「不要擔心！我是好人，這個月因為搬家，所以錢不夠，下個月開始我會按月準時付給你的，我保證！No problem！」艾斯瑞那憨厚淳樸的形象和響噹噹的保證，又讓我高枕無憂了好幾天。

　　拿到了租房合約，房客開始充分享受合約的權利。艾斯瑞要求清潔空調機器，機器是去年剛換新的，但還是找人來調整讓他們滿意，花了二百二十塊錢。我努力盡好房東的責任，希望感動房客，好好待我。可是事與願違，好房東變成

軟弱可欺的角色，這初當地主的日子過得暗無天日。

## 收租出生入死

第二個月收租的日子，我去艾斯瑞家，他拿出一半的房租交給我：「星期五再發工資，剩餘的四百塊加上遲納金一起交給你。I promise you no problem！（我保證沒問題！）」說得鏗鏘有力，還是老動作：用拇指搓一下食指，做個數錢的手勢。這個手勢已經做了好多遍了。

我發現他的英文只會講這一句。在美國這個移民國家，英文不需要多，只要會用那幾句最有用的就能走遍美國。這是艾斯瑞用的最多的一句。他騙到了合約，哄著我無數次的往他那裡跑，還害我常換輪胎。

人是為希望而活，按照艾斯瑞保證的日子再次去他家，希望他那忠厚老實的形象能守信，哪怕一次也行。

「這是三百塊，先給你。你後天來，我一定付給你！No problem！」艾斯瑞手裡拿著三張綠色的鈔票。他又食言！

我已經無法忍耐！跑了這麼多次，等了那麼多小時，每個週末都風塵僕僕地跑那麼遠，在擔憂和等待度過。這樣的房東我做不下去。

「NO，你沒有準備好，就先不要付，後天我來，如果你不想付清，就請你搬家吧。」我生氣地下了最後通牒。

「I promise you no problem！」他和老婆一起望著我，態度非常誠懇。誰也不相信他會再次食言。

他的家裡有一套西式紅木的傢俱，雕花橢圓餐桌，桌上一個花瓶裡插著新鮮的紅玫瑰，她女兒說是艾斯瑞送給媽媽的。墨西哥人過日子瀟灑，有錢沒錢都浪漫。客廳裡一個六十寸的平面大電視總是亮著，「木球，木球」地說著西班牙話。乾淨貴重厚絨布的沙發，垂著金色的邊簾，老婆是個愛乾淨又能幹的人。這樣的家庭，不像是付不出房租的。

這一個半月裡，為了收房租，我在驕陽如火的日子裡，跑了十八次，計三百多英哩，花費了多少寶貴的時間！這一次又白跑，已經超出我最後的底線。我回家準備了一份《三天內付錢或搬家通知書》，如果他們再不付，堅決不給商量餘地了。

合約中寫著關於遲納金部分：每天十塊。這半個月下來，也一百多了，統統加上去。為了把他們嚇走。

我拿著《三天通知書》上他的家。名下的那座小樓依舊，院子裡的花在晚霞中散發著淡淡的清香。屋門大開，大電視機色彩斑斕，沙發上坐著神情淡定的艾斯瑞和他老婆。

艾斯瑞起身，走到門口：「我沒錢，上次給你三百，你不要嘛，現在沒了。工資下星期五再發。」他說的很輕巧，還聳一下肩。

「那麼你們就搬家，搬去一個便宜的地方呀！我也要付很多帳單的。」我忍無可忍，提高了聲音。

他用目光斜掃一下我，滿臉當家作主的神采：「我說過下星期保證給你，No problem！我們喜歡這裡，我們不搬家。」說完又聳聳肩。

　　看他那副無賴的嘴臉，如果有人打他一拳，才是大快人心的事：「你不搬家，也不付錢，你也沒有證件，我只好叫員警來了。」我急得用上了最後通牒。

　　「你叫呀！No problem！」他聲音不大，但真的震撼了我！因為幾天前他傳真一張模模糊糊的墨西哥證件。他沒有綠卡，沒有駕照，居然不怕員警？

　　被逼得沒有退路，我撥了911：「我的房子裡有人搬進來，我需要他的真實名字去法庭告他。」

## 無產者無所畏懼

　　「員警等一下就到。」聽到這句，我心安定下來。美國員警很敬業，沒有一次讓我失望的。

　　我站到院子外面圍牆邊上，等待員警到來，並抱最後一線希望：艾斯瑞能在員警來之前妥協搬家。我望著他家的門，電視機仍然大聲說著西班牙語。只見他的兒子一次一次地在籬笆上探出頭，他也在那裡和我一起等待員警的到來。我再次走到小院門口，看見艾斯瑞兩手插腰，理直氣壯地站在門口，如同一座堅不可摧的鐵塔。一個沒有合法身分的人，居然真的不怕員警！

　　美國員警分辨危機的能力很強，姍姍來遲是知道這不是緊急狀況。十五分鐘後，一輛警車緩緩駛進社區。車頂上沒有閃礫美麗的霓虹燈，不注意都難以發現是警車。我舉起手，不斷地揮動，並趕緊跑過去，那個高大的金髮小夥子才

看到我。他穿著防彈衣，厚厚的，虎背熊腰，跟著我來到艾斯瑞面前。

「請你把證件拿出來，隨便什麼證件都行，墨西哥的證件也可以。」員警打亮了手電。

艾斯瑞從老婆手裡拿出我們的合約：「我們有合約的。」答非所問。

「證件！我要證件。」員警重複。

「可以不可以講西班牙語？」墨西哥人很有民族性，他們有抱團的優勢，可是艾斯瑞也不看看這是個金髮碧眼的白人。

那個員警搖搖頭：「No，墨西哥的證件也行！」他的語氣很重，聲音不響，真是有理不在聲高的典範。

艾斯瑞正大光明地從錢包裡拿出一張紫色的證件，上面寫著大大的「Mexico（墨西哥）」。我看看員警，他習以為常。抄了艾斯瑞的名字，然後寫了自己的編號，還有一句「No California ID（沒有加州證件）」，艾斯瑞的樣子似乎習以為常。

「你們要找地方搬家了，這兒人家不讓你們住了。」員警的話禮貌又嚴肅，我聽著很舒服，不過艾斯瑞也沒有不舒服。

員警回到車上，在電腦裡弄了些動作。然後出來：「看來你要到法庭去驅趕房客了，這是他的名字。」

「他沒有身分也可以上法庭嗎？」我希望員警能用這點嚇唬一下艾斯瑞，好讓他早些搬家。

員警笑笑：「在這個小鎮上，有一半的人都是沒有身分的墨西哥人。」他說出這話，讓我驚訝地張大嘴巴望著他。

「他沒有駕照開車到處亂跑呢？」我想到另外一個理由讓員警管管他。

「可是他現在沒有開車，我無權抓他。」這是美國實事求是的辦案風格。所有的罪犯都是要當場抓獲，否則就很難定罪。員警的話有點無奈。

我深深地憂慮起來：「如果他們破壞了我的房子，然後逃到墨西哥，怎麼辦？」

員警張大眼睛望著我：「有可能哦！」這話讓人心亂。我困惑了，我究竟是生活在墨西哥，還是美國？誰能來保護我們？

「你還是去法庭吧。」他把寫著艾斯瑞名字的小紙條交給我：「這裡還有我的電話和警號，你可以找我作證。」他始終對我很友好。我感謝他的到來，讓我懂得了非法移民的權利。

艾斯瑞有四個未成年的孩子，一個語言不通的老婆。政府就算把他們遣送回墨西哥，這些孩子要找寄養家庭，也成了美國政府的負擔。再說艾斯瑞他們很快就會再次偷渡回來。遣送他回去也不怕，只當是美國政府花錢送他們免費回國度假。所以他們真的無所謂，「澈底的無產者是無所畏懼的」。那一天，班先生來到我的辦公室。看他那嚴峻的大鬍子外表，可能對房客有威懾力，向他求救：「班，我碰到壞房客了。」

　　班又要挺身而出：「先不要上法庭，儘量和解，我去一次。」

　　「好啊！」借他的美國人面孔再試試。「謝謝你！班，總是在我最困難的時候幫助我。我欠你很多了……。」他的出現，又喚起了我一絲絲解決問題的希望。

　　「你不欠我的，我願意幫你，等你下班我們就走。」他真的是兩肋插刀的好朋友。

　　下班後，班開車帶我再次來到艾斯瑞門口，他和老婆坐在車庫門口看風景，風景就是來往的車輛。

　　「這是我的經紀人，以後就是他來跟你們聯繫了。」我狐假虎威地說完班教我的這一句，就站到一邊。

　　「以後就是我來收房租，今天你們可以交嗎？」班先生遞上一張名片。

　　艾斯瑞瞟了我一眼，兩手一攤：「現在沒錢！明天星期五，我們發工資，我打電話給你，保證交給你，包括遲納金，No problem！」說著還晃晃腦袋，以前那種純樸的眼神，變成不屑一顧的得意，像一個打了人又站在一邊觀望的流氓。

　　「No！班，這話已經說了好多遍了，不能相信他！」我又急又氣，衝到前面。希望班當場拿出一點威儡力。

　　「好，我明天等你電話。」艾斯瑞那忠厚老實的面相，其實是沒有文化的眼神造就的，教育和教養混淆了純樸與無知的概念，讓班再次相信了他。

　　「班，明天他肯定不會給你電話的！」我們又將浪費一天時間。

第二天果然是杳無音信。他們又混過了一次，加上週末一共是多了四天的免費住房。班親自領教了「老實人」的謊言，放棄了和解：「還是上法庭吧。你從現在開始不要再和他們見面，就算付錢，也不要拿，否則就前功盡棄了。」男人還是比女人實際，騙一次就轉向戰場，我是聽了艾斯瑞説了十八次「No problem！（沒問題）」，才放棄幻想的。

## 艱難的司法旅程

於是，我停止了去艾斯瑞家的旅程，開始了去法庭的旅程。想起有人説：「與人鬥其樂無窮！」我很難明白其中的樂趣。沒有人喜歡鬥，但我事到臨頭進退兩難。房子被人占著，又不付錢，非親非故的這一大家子人，輪不到我贍養，何況自己還有一大堆帳單待付。房客給我出的這道大難題，考的是勇敢，智慧和知識。我必須認真面對，盡快拿回房子。

與人鬥，沒有樂趣，可是學習卻充滿樂趣，人生學習永無止境。有房客就有驅趕的課題，沒有時間去學校，打官司的過程就是學習的過程。這個月的房租沒有收到，全當學費了。艾斯瑞逼我去了法庭學習新功課：驅趕房客。

美國的每種糾紛都有一套司法程序和表格，只要學會填對了表格，準確無誤，工作就算完成了一大半。

「我需要一份驅趕房客的表。」法院取表格是免費的，但要排隊，等了二十分鐘才輪到我。

★艾斯瑞一家住在這裡不付房租

　　「你是第一次做嗎？所有的表都在這裡，還有說明。祝你好運！」坊塔那市法院的一個美女作業員微笑著遞給我一厚疊表格。看著她那輕鬆愉快的態度，我感到有自信了，一定要完成這個司法流程。

　　趕房客原來就是填些表格嘛，總有一天能填完的！回家翻一下那堆表，忍不住哈哈大笑起來：有一張方塊圖，描述了整個驅趕房客的流程，像小時候走軍旗的地圖：從《三天通知書》開始，再填法庭訴訟表格，送交對方，到法庭，到警察局，最後一個方塊格外鼓舞人心：「Tenant move out（房客搬出去）」。

　　瞧著如此詳盡的說明書，我摩拳擦掌，信心百倍！照著這些方塊走，最後就是「房客搬出去」！美國司法如此詳盡周到，讓沒有文化的人也能打官司。真好！No problem！想到艾斯瑞的那句話，此時借用很合適。

　　畢竟是法律文件，很多英文生詞。我一個字一個字地查字典，似懂非懂地猜，UD-100和CM-010兩份表格花了整整一個晚上，幾乎絞盡腦汁。我填完了表格，還附上了所有證據：三天通知書，租房合約和艾斯瑞的簽字保證書。另外我還準備了一份POS-010送件證明。在將傳票送給艾斯瑞後，送件人在「送件證明」上簽字，確認艾斯瑞收到法庭傳票（以及驅趕房客的起訴書）。

　　美國資訊公開，網上都能查到這些表格，而且可以直接填寫。列印出來後很整潔。如果還有幾格內容實在不確定的，就空著，到法庭請教文員。有時候遇上一個服務好的文員，他們會幫忙修正一些小錯誤的。我洋洋得意，似大功告成，自己做一回律師吧！本來找人驅趕房客要付六百塊。與人鬥是辛苦的，不是其樂無窮。為了學習當一個成熟的房東，還是自己親自上法庭與爛房客周旋一回吧。

　　這幾天驕陽似火，地球像是走錯了軌跡，把四季如春的南加州，甩到了太陽的邊上。每天都超過一百度。根據員警告訴我的信息，坊塔那屬於聖巴拉蒂諾縣法庭。我在網上找到法庭地址。又是三十英哩的路程，驅車飛奔而去，輪胎在滾燙的道路上經受考驗，時刻準備進入修車廠換胎。

　　法庭下午不忙，但是人家說我跑錯了一個法庭，坊塔那

有自己的法庭，我又趕快掉頭回來，當我趕到坊塔那市的法庭時，差一點就關門了。這一天風風火火地跑了兩個法庭，真是個充實的日子！

窗口外排著隊，一個老婦人拖著一個厚厚的文件箱，掛著眼鏡站在窗口前，看來很多案子要辦。還有一個年輕人手裡一疊文件一份一份地往窗口裡遞交，他穿著一件白色的T恤衫，上面寫著「Eviction（驅趕）」，這是我剛學習到的新單詞，還有電話號碼。他顯然是專業趕房客的。我問了價錢，他說他們是最便宜的，要六百塊。

我們聊到房客，我的故事引起老婦人的憤怒：「你太沒有經驗了，讓他們滾！不要拿他的一塊錢！」

小夥子回頭說：「我上次也碰到一個偷渡的，他撞了我的車，沒有駕照，居然還有保險。」於是大家轉了話題，說小夥子很幸運。

聊著聊著就排到了我，文件遞交給窗口裡白白的小美女文員。她拿起黃色記號筆在表上畫點點，這些地方要重新填寫。她說：「如果你填不正確，法官會把它丟到垃圾桶，你就要重新付錢再遞交一次，每次都要二百多塊錢。」她看看我，繼續說：「我們是不可以教你怎樣填表格的，你可以找律師和法律服務處幫助你。」就遞出一張表，上面有各個法庭的服務機構電話。

我一看辛辛苦苦填好的表已經被劃得亂七八糟。一個晚上的辛苦就這樣白費了！怎樣才是正確的填法？法官怎樣才能接收此案？二百多塊錢訴訟費要交出去，還真不容易哪！

## 吃虧在於沒文化

　　望著那些似懂非懂的法律單詞，我一片茫然。打電話給法律服務處，撥了兩次都沒人接聽。如果找不到幫助填表的人，時間就耽誤了。就算拿回家再填，我也沒有把握能按照規定填的完全正確，這樣不僅耽誤了驅趕的時間，還要浪費法庭費用。房客在那裡穩坐江山，我卻在法庭門口迷茫徘徊，我感到無助，想要放棄了。找個律師吧！隔行如隔山，律師不是那麼好當的呀！

　　這次送件失敗了，怎麼辦？如果交了六百塊給別人去做，我就失去了驅趕房客的學習機會，既然遇到這樣的房客，就是給我學習司法驅趕房客的本事，怎麼能輕易放棄？這是寶貴的學習經歷。再說已經走出了這一步，必須堅定地向前！一定要親自走到底！

　　晚上我把表格再次放到電腦面前，看了一遍又一遍。萬不得已撥了一個律師朋友的電話。平時我是不敢撥的，人家標價三百塊一個小時。電話一撥就像在花人家的錢一樣內心不安：「我把表填了，可是交不進去。您可以幫我看一下嗎？」

　　那個律師認真地教我以後的幾步怎樣繼續，說是「很簡單的！」他借給我一本書，是專門介紹房客房東法律條文的，告訴我，看一下書，就清楚了。此時此刻，我真希望自己也能為律師做些什麼，來報答他的緊急救助。

　　按照律師的指導，我又重新填好了表格，鼓足勇氣第四次去法庭排隊申請驅趕房客。

　　一個墨西哥老女人坐在窗口裡，身穿一件皺巴巴的黑白色條紋的長連衣裙，下眼眶像被灰塵壓彎的窗簾一道道地掛著，幾乎托不住大大的眼球。一頭染成金黃色的長髮，蓬亂地垂到肩上，頭頂裡面露出一段棕色的髮根。她神采飛揚地用西班牙語和前面一個男人解釋著表格，這是個熱心的工作人員，我看到了希望。

　　可是當我到了她的面前，就變了臉，她眼神失去了光澤，冷淡無情地掃了我一眼，一把拿過我的表格，立刻就拿起一支記號筆，開始仔細地挑毛病。簽字，日期，名字，勾勾……女人的直覺：今天還是通不過的！

　　「這幾個地方要重新填！」說著她就把文件丟出了窗口。這天氣溫高達一百多度！我的房子被侵佔，為了討回公道，我的輪胎已經在烈日下滾了三次。就因為他們同是墨西哥人，就幫著艾斯瑞阻擋我的訴訟，無緣無故地讓她的同胞免費住在我的家裡？我的心情像加州當前的天氣一樣，怒火上升。為什麼她這樣對我？只因我不是墨西哥人？

　　「什麼地方做錯？請你指出。」我不想放棄，把表格再次丟到窗內。

　　「我們不能教你填表，你要找律師幫助。」她狠狠地又把表格丟了出來。

　　「這就是律師幫助我填的，應該沒有那麼多問題。」我嚴肅地說，眼睛直視她，她的眼神躲閃著讓我看出她內心的

虛弱。我心疼我的車一次次地再到滾燙的高速公路上燒灼，又浪費我的時間，希望這次能得到她的幫助。

「三天通知書上不可以寫遲納金。」她終於說出一部分理由。這本來就是應該告訴我的。「還有名字不一樣，用aka的表達方式，你去問律師。」她含含糊糊地說一半，強調她退回文件的理由。順便又丟出一張「法律服務處電話」給我。

我不好意思用這樣小的案子反覆浪費律師朋友昂貴的時間。因此，我改打電話給法律服務處，希望得到正確的幫助。

很幸運！電話通了：「我需要幫助，英文不好。」「你是低收入嗎？你可以到我們這個法庭來。」美國極力做到司法公正，不讓一個人因為貧窮而失去法律的權利，以前我也享受過。

「不過，我們只幫助房客，不幫房東。」這話不是歧視嗎？房東就一定富有？房東就一定英文熟練？這沒有道理啊！我只好回來面對自己的問題。

加州的天氣變了！氣溫直線上升並停在高處不下來。每天華氏一百多度，坊塔那城市位於內陸山窪，無風無雨，車停在法庭門口幾分鐘，已經到達華氏一百一十度，剛買的防曬面具，幾分鐘就在車裡融化變了型。回到烤箱似的車裡，幾乎不能呼吸。這學習法律可真辛苦，酷暑炎熱開車三十英哩，就學到幾句話。那麼多的選擇題要統統做正確，輪胎不知道要換多少個啊！

## 失敗是成功之母

忙碌了那麼多天，法庭跑了四次，還沒有遞交成，一切又要重新開始。房子是我的，別人住在裡面享受，我在外面受氣。風塵僕僕跑了那麼多次，卻是歸零。

那張看似簡單的《三天通知書》，房客名字只要錯了一個字母，就全線崩潰。《三天通知書》裡只能寫所欠房租不能加罰金。我只是加了遲納金，就一切歸零。

失敗是成功之母，這母親太胖，快背不動了，步履艱難。不過每次去法庭就學到一些知識，我不放棄，總有一天能通過的。晚上找個人再重新給艾斯瑞送《三天通知書》。下班後我開著車再次回到那裡，艾斯瑞站在車庫門前手插著腰散熱。

「這是房東給你的《三天通知書》。」那人正面交給了他。

「Thank you！」居然說謝謝？艾斯瑞吊兒郎當地接過通知書，這是第二次了。他又可以安心居住三天。

艾斯瑞像一個毒瘤種在那裡，讓我心煩、讓我破費、讓我不知所措。我後悔自己貪圖方便，不按規定履行租房手續，讓這樣的人鑽了空子，誰碰上他都頭痛。

人在不知水有多深的情況下，是不敢邁步的。《三天通知書》送出去後，我翻了一下律師給我的那本專業書，幾乎暈倒！每一頁都有一些符號和數字，除了「房東」、「房

客」兩個詞以外，幾乎全都是生字。沒有幾年的學習工夫是讀不下來的。我就此理解了律師的辛苦，他們一路苦讀直到位居社會頂端，出售知識當然要價昂貴。這令我想起一句話：「舊社會，我們窮人吃虧在於沒文化。」我來美國沒有讀書，就像回到了舊社會。

幾次送件失敗，信心重挫，心想，花六百塊請人家做吧，先不說這填寫法庭文件所耗費的時間與心力，光在這火辣辣的太陽下需要來回跑那麼多次，也值了。

回家我翻開電話本，一大堆的「驅趕房客」廣告眼花繚亂：「專業驅趕」、「十天解決問題」、「強大的律師陣容」……既然人家能做，一定有開頭難的問題，我已經跑了那麼多次，再努力一下，也許就完成了。半途而廢浪費更多，不僅浪費了錢，浪費了時間，更重要是浪費了一個學習法律的機會。學習是辛苦的，付出代價才會有收穫。這個月的房租就是學費，為什麼還要花錢讓給人家去玩？我又回到了UD-100面前。

艾斯瑞給我的名字有五個，每個名字都不一樣，合約上的，收據上的，保證書上的。如果文件交給法官，不同的名字會讓法官困惑，而將所有訴狀丟到垃圾桶裡，我所繳的二百多塊法庭費用也將隨之泡湯。經過學習，我才知道解決這個問題並不難，只要在房客名字後面寫A.K.A（以其他名字為人所知）就可以了。

學習是循序漸進的，只要努力，就沒有跨不過的坎，繼續向前！我又來到法庭。那天窗口裡是一個壯壯的大塊

頭，坐在椅子裡起不來。黑黝黝的皮膚粗糙的臉，頭髮沖天平短刷齊，說話喉嚨裡總有一口嚥不下去的痰，「呵－呼－呼－」地難以聽清。我想完了！這個人更像艾斯瑞，同胞之情發作起來，我的文件肯定又要被丟出來！

我戰戰兢兢地遞上文件，準備現場戰鬥，今天不送進去，我絕不回家！

「這格裡不是寫我的名字，是你的。」他低著頭，把我填錯的地方指出來。又敲打了幾下電腦的鍵盤，然後拿出一個圖章開始敲起來，嘴裡還自言自語念著「這裡」「這裡」……像是接受啦！我把手背伸進窗口笑著說「還有這裡？」

「哈哈哈哈……」他看著我的手背，大笑起來。「好了，你把這裡的名字改了，交二百五十塊就好了。」他把蓋了圖章的文件遞給我。

「非常非常感謝你!!!」那一刻就像中了大獎一樣，讓我欣喜若狂！我真想擁抱這個大塊頭！

這麼多天在烈日下跑法院，終於有了進展，向法庭遞件成功！趕緊拿出事先準備的塗改液當場修正了錯誤。這第一步是多麼艱難哪！

人不可貌相是真理！同樣是墨西哥人，艾斯瑞誠實憨厚的外表，包藏著欺騙和無賴的本性。而這個貌似粗俗的墨西哥人卻是個認真工作，耐心敬業的好人。

大塊頭先生把蓋過章的文件複印了兩份：「一份找人送交對方，一份你自己留著。」他的目光祥和自然：「送文件

的人填一份送達證明，寄回法院就好。這樣熱的天，不要來回跑了，汽油費那麼貴。」這每句話都說得那麼中肯，給我很大安慰。

我笑著說：「你真好！我想給你一個大大的擁抱！」這幾天的碰壁和委屈在今天全部煙消雲散。我對美國法庭的認識，就這樣從某個人的腐敗開始，到另一個人的清廉歸零。我為自己的片面想法而羞愧。

「哈哈哈……」他笑聲爽朗。又從桌子上的文件架子上抽出一疊表格，遞出來給我：「如果五天之後，他們沒有回應。你就填好這些表格送來，員警會去執行法庭的決定，請他們立刻搬出去。」

「立刻？聽說還要給他們五天的通知呢？」這幾天我已經跑了那麼多次法庭。聽說的故事已經很多。

「沒有的事，五天後，你來查，如果他們沒有回應，你就可以去找員警，員警就上門趕他們走。一天也沒有機會了。」他瞪大眼睛一字一句的像法官在宣判。

「真的？那太好了，再過幾天，我就可以收回我的房子了！謝謝你！」我心裡一陣溫暖。我的家被一個陌生人占據著，終於要解放了！

「不客氣！」他說著還遞給我一張小紙條，上面是警察局的地址、電話。「你就到這個警察局去申請驅趕，他們安排日期就去執行法庭裁決。」

## 大功告成

五天！這是多麼重要的資訊哪！我拿著法院蓋過章的文件，複印了兩份，當天就請人送一份給了艾斯瑞。艾斯瑞接過傳票和法庭文件，仍然平靜地說：「Thank you！」，然後堅守陣地，坦然送來客離開。

這五天，是關鍵的日子。被告有五天的時間去回應，如果房客回應了，雙方就必須上法庭見法官了。

五天到了，我打電話去法庭，那個大塊頭先生以渾厚的聲音告訴我消息：「他們沒有回應，你來填表送警察局吧！」我幾乎記不清這是第幾次去法庭。想到那個大塊頭先生，心裡就開心，他真是好人。

房客有五天的機會來回應，如果在理，可以要求見法官。艾斯瑞他沒有理由，免費住了兩個月了，一天也不放棄。如果他回應也要交兩百多塊錢。既然肯定被趕走，還要花錢幹什麼？

按照法律要求，我填寫一份申請法庭命令的表，又填了兩份法官簽字的表：UD-110（判決書）和EJ-130（驅趕令）。由於大塊頭先生的熱心相助，我順利地遞交了三張表格，另交了二十五元的文書費。他們需要三天工作日做判決書，然後通知警察局執行。

三天後，我去法庭拿了所有的文件，馬上趕到警察局。驅趕房客步履艱難，步步是金，我在警察局又交了一百四

十塊。

　　過幾天，我收到了警察局的驅趕通知書，日期是：十月二十五日，上午十點。

　　從那天起到驅趕之日，還有三個星期，每天房租二十六元，艾斯瑞又省下七百多元，他應該心裡平靜地離開了。而我完成了所有的法庭功課，思想完全放鬆，日子過得平靜又祥和。我盼望著換鎖的那一天，開門進屋再也聽不見艾斯瑞的「No problem！」，希望見到窗戶，牆壁，水道一切完好。

　　我請隔壁的黑人男生傑迪當我的通訊員，如果看到他們搬家，就打電話給我。我會付給他十塊錢，就這樣遙控著房客的動向，隨時準備去救火。

　　最後的一個週末到了。我的心裡很矛盾，希望他們提前搬家，不至於最後一刻被員警趕出家門，那麼多孩子流落街頭；但同時又希望他們等員警來驅趕，來不及破壞房子就被趕走。我便到那裡去觀察動向。到了那裡我看到車庫的門緊緊關著，小院子裡有一隻小狗，瘋狂地對著我吼叫。他們還沒有搬走？傑迪說剛才看到他們在裝車搬家，可能還沒搬完。

　　據說壞房客會賴上半年，艾斯瑞一家賴了三個月，仇恨也許還沒有被時間磨滅，很有可能拿房子出氣。

　　我不知道是否應該出現在搬家現場。把車停在路邊，仔細思考如何才能有效地阻止他們破壞房子？他們把東西裝進車裡的期間，肯定還沒有損壞房子。我繞了一圈又回到那裡，看到艾斯瑞在裝車。我的心「怦！怦！怦！」地彷彿要

跳出胸膛。如果過去面對面，會不會有危險？而他們把房子
破壞再走，我再出現就太晚了！怎麼辦？進退兩難。

　　打電話給經紀人班，他在電話裡大叫：「你瘋啦！還有
兩天員警就來趕人了，一切都已經就緒，你為什麼還要來這
裡？你的生命重要，還是房子重要？修房子最多上千塊錢，
你的生命難道不值一千塊錢？那裡是很危險的！請你離開！
現在！立刻!!!」他好像看到我在生死攸關的戰場上。

　　天色近暗，路燈已經懶洋洋地亮了起來。小區的門口
有一些孩子在騎自行車玩，進出的車輛緩緩地湧入大街上的
車流。我在馬路對面停著，沒有人知道一個女房東孤零零，
慘兮兮地傍徨在自己家門口不遠的街頭上。正好有個遠方的
朋友來電話，告訴我不要去面對面。等他的車出來再跟蹤一
下，看看是否能夠發現他的新住處，這樣算沒有白跑。

　　我在路邊等著，看著夕陽深深落下，繁燈初上，家家戶
戶已經是晚餐圍爐的時刻。而我卻饑腸轆轆，心神不寧潛伏
在街頭，總有幾分惆悵，幾分蒼涼。小區門口慢慢地駛出一
輛白色的卡車，那是艾斯瑞和他老婆。啊！一陣緊張，連呼
吸都快停止了！

　　他們的車大，裝載又重，行動緩慢，黃昏中我的小車顯
得格外靈活機動。我緩緩地跟著，卡車只轉了兩個彎，就停
在一個加建的小房子前開始卸貨。這就是他們的新家！我慌
慌張張地記下路邊的門牌號，加速衝過了艾斯瑞的卡車，迅
速逃離現場。他也在逃，我也在逃，這個晚上是房東房客逃
逸之夜。沒想到我這大發現，幫了我大忙！

天已經全黑，這時候才感到肚子真餓了，回家吃飯！明天再說。希望陽光之下沒有罪惡和危險。

## 完璧歸趙

員警來的前一天，我再次來到房子「考察」。小狗不見了，艾斯瑞已經離去，窗子的百葉窗蓋著。我拍拍胸膛壯壯膽，輕手輕腳地打開門縫瞄了一眼：小沙發和餐桌還在，大的東西已經搬走，房子尚未撤空？我立刻退出，馬上關門，這是危險的！他們可以誣告我說遺失了貴重物品，並證明鎖沒有換過，這樣就會給我帶來很大的麻煩。

我隨後就去他的新家，我要大大方方地在他新家門口，請他把鑰匙和車庫遙控器歸還，目的是警告他：我已經知道他的住處，可以告訴他的房東他是被驅趕的房客，這樣對他很不利。雖然是上門去嚇唬人家，自己卻膽顫心驚，敲了門，家裡沒人，又暗自慶幸不用和他面對面了。人在困難面前，逃避的心理很容易占上風。我從裝修工人那裡得到了新房東的名字和電話號碼，心裡踏實了很多。

我出去轉了一圈回來，計畫等著艾斯瑞最後一次搬運，我就出現。冤家路窄，正好在社區大門口相逢，躲也躲不掉。他的大卡車正轉出來，我的車正面進去！天色漸暗，但是他清清楚楚看到駕駛座裡的我，我也一樣看清他和兒子。

他們開出去了，我開進去。下車一看，昨晚還掛著的百葉窗簾，已經全部飛了。沒有窗簾，「考察」倒是很方便，

清楚看到裡面已經都搬空了，只有廚房還有個爐頭，車庫裡面亮著燈。我不敢進去，也沒權力進去。走到外面站在路燈下思考，該怎麼辦呢？

一個六、七歲的女孩騎車過來對我大聲報告：「他們搬走了！」

「還回來嗎？」我低下腦袋微笑著問她。

「不回來了。」女孩說，她的玩伴湊過來睜大眼睛糾正：「他們等一下還要回來的。」

她們純真的眼神是世界上最美的心靈之光，讓人忘記危機和煩惱。但願她們長大了，永遠保持這樣純真的眼神。第三個女孩過來添上一句：「明天上學，我與詹妮弗坐在一起，我告訴她你來過了。」

我彎下腰微笑著，望著那雙美麗的眼睛：「好的，謝謝你，你就說我來過了，我是來拿車庫控制器和鑰匙，還有百葉窗。請你告訴她。」

女孩的大眼睛在黑夜裡一眨一眨：「就是三件東西，我記住了。」

我又說：「你們在這裡玩，我先去吃一點東西，等一下就會回來。請你們告訴他們，我今天晚上就在這裡等他們，不會走的！」

她們統統睜大眼睛：「哦，你不睡覺啦？」

「噢，對呀！哈，哈，哈……」我大笑起來。

我們在路燈下聊著，我從車上拿出幾塊巧克力給她們吃。她們告訴我有一種飲料很厲害，喝了可以五小時不睡

覺。要我去買。我說：「好啊！我去買兩瓶，就可以十個小時不睡覺啦！」她們馬上告訴我哪裡有賣的，還說今晚要一起在這裡陪我。我說要買五瓶給大家每人一瓶，一起堅持五個小時……我們聊得很開心，忘記了自己來幹什麼了。人永遠像孩子一樣純真，這個世界該多美好！

天已經完全黑了，家家戶戶都關上了車庫門，孩子們也回家了。社區顯得很冷清，門前的一個路燈又壞了，門前黑暗，恐懼又油然而生。不知道他是否還會回來，我不能永遠在這黑暗裡等待，於是我再次開車去他的新家。

門口的小路上，正好艾斯瑞和兩個孩子迎面走來，我把車速放的很慢，燈光照著他們，他認出我的車，就探頭向車裡望，我打開三分之一的車窗：「你們搬家了？」

「這是我姐姐家。」他隨口編話。

「那麼請你把房子清潔後，將車庫控制器和鑰匙還給我吧。」我坐在車裡鼓足勇氣說。車未熄火，隨時準備踩油門逃走。

他把手搭在我的車窗：「房子一切都是好的，沒有塗牆。」也許這是他原先的計畫。

「謝謝你！我的百葉窗呢？」我問。

他的眼神總是很「誠實」的：「哦，我們不喜歡就丟出去了。」又是隨口編的，昨天我還看見掛在窗子裡面。拿人家的東西還要講的那麼氣派。

「那是我的東西，你怎麼可以丟掉呢？」對付無賴我直截了當。

「還沒有丟掉，在車庫裡。」他隨便又說了回來。那隻搭在車窗上的手像要伸進來把我拽出去。

我堅定地說：「請你把它們拿回來裝好！」

「No problem！」他的這句英文說的最順溜。

我說：「只要你沒有破壞房子，你欠的錢，就以後再說。我也沒有辦法，要付銀行錢。謝謝你！」其實我早就放棄了他所欠的兩個月房租，那是絕對要不回來的。

「房子一切都是好的，沒有塗鴉過牆，沒有破壞，一切都是以前的樣子。」他反覆解釋。

「好的，非常感謝你！我去吃點東西，等一下再去。如果你們已經搬家結束，請你把控制器留在廚房裡。謝謝！」我踩油門走了。已經是八點多鐘，我很餓，又緊張。

「等一下我搬好了，打電話給你。」他又追加了一句。不知是討好我，還是有什麼企圖。

「好的！我相信你，如果有破壞的地方，我一定會來找你。謝謝！」我就開車回家了。到家已經九點鐘，剛捧起一碗泡麵，還沒開吃，艾斯瑞打電話來了，火急火燎：「你現在過來，我把控制器當面還給你。」

「我在吃飯，要過二十分鐘才能過去。」其實我不會再去。那是很危險的。

「你在哪裡？我要當面跟你講話，當面交給你。」不知他為什麼一定要見我。

「我在吃飯，很餓，等一下過去，或者明天早上再過去看。」我說。

「你什麼時候來？我要當面見你交給你。」他堅持要見我。讓我心裡發毛。我再次讓他把控制器放在廚房：「我累了，不一定去，可能明天再去。」心裡想，今晚絕對不能去‼

他竟然裝著聽不懂「廚房」是什麼意思！我說：「隨便你了，你拿著吧。明天我再找你拿，謝謝你！」。

然後我吃完飯，又去了健身房游泳。我相信他不敢再破壞了，如果有任何情況，我就可以請員警找他。

躺在床上靜靜地想，今晚我沒有回去跟他見面是正確的決定，畢竟有危險的，我考量到兩點：

一、空房子裡發生什麼都沒有人看到，如果他讓我變成屍體，就跑到墨西哥，誰也不知道。

二、就算今晚接過控制器和鑰匙，然後他們再用另一把鑰匙進去塗牆，破壞，就有藉口說不是他們幹的。

明天員警來，我就換鎖，還要告訴員警，我感受到威脅，希望不讓他們再來這裡，從此太平無事。

終於等到了員警清場的日子，心情喜悅起來。這房子又要回歸於我。早早起床，看著鐘，拿上清潔的用具和換地板的工具，準備去收復我那被剝奪已久的房子。

加州陽光明媚無限，天氣格外明朗，藍藍的天上飄著幾片有聲有色的白雲，清新又爽朗。一路輕鬆地來到那裡，圍著房子先轉了一圈。員警是十點來，還要等一個小時。鄰居家的黑人男孩站在車庫門口，走過來跟我聊天，突然，小區轉進艾斯瑞的白色卡車，他又來了！我有點緊張起來，不敢

靠近。大白天我怕什麼？應該是壞人怕好人，為什麼我要怕他？我可以隨時打電話給員警呀！

他下了車朝我走來，手裡拿著一個塑膠袋，還有遙控器，我心定了很多。

「這是車庫遙控器和房子的鑰匙，還有百葉窗的掛鉤，都在這裡。百葉窗都在車庫裡面。」他像監獄裡坦白交代的犯人，還帶著祈求寬恕的神色。

我打開塑膠袋，裡面是四副百葉窗的掛鉤，完完整整，連一顆螺絲都沒有缺！「噢，謝謝你！」他的歸還贓物行為，竟讓我受寵若驚。

「我沒有破壞房子沒有塗髒牆壁，你進去看看，真的。」他反覆強調，帶著討好的口吻。

我們進去房子看了看，我檢查了下水道是暢通的，這是我最擔心的。地上的蟑螂就忽略不計了。

「好，謝謝你了！」我是由衷的。只要他沒有破壞房子，就謝天謝地！以前的一切恩怨今天都將結束。那張「老實人」的臉再也不用我費心去讀了。

「Sorry，I am very sorry！（抱歉，很抱歉）我給你帶來很多的麻煩和損失。」他突然說出這樣謙卑的話，像是變了一個人。是員警讓他變得那麼唯唯諾諾？還是我昨天勇敢地出現在他家門口，讓他不敢輕舉妄動?!危急面前，不進則退，陽光之下畢竟是邪不壓正。

我又心軟下來：「好了，你們應該努力找工作，讓孩子們有個安定的地方，你太太可以找清潔工作，你多學一些，

以後有裝修房子的工作，我再找你好了。」儘管給我那麼多麻煩，我還總是想幫他們一把。

他很著急要走：「老闆等我去工作，我要快點走了。」他知道等一下員警要來，如果發現他無證駕駛，問題就又大了。

「好吧，謝謝你，再見！」這事件就這樣結束了。這個艾斯瑞從我的生活中走過，他給我學習的機會，讓我堅強、冷靜、智慧的處理危機和煩惱，從這角度，我應該感謝他的。

回到房子裡，先把門鎖換了，我是換鎖熟練工，這也是房東的基本功。在清潔車庫的時候，看發現角落有一小堆新鮮的水泥粉，這可能是準備拿來破壞房子用的，還好有驚無險。

員警遲到二十分鐘。一個光頭、虎背熊腰的大個子白人，他要先攜槍進去，說為了我的安全檢查樓上樓下。我說：不用了，我已經進去檢查過了。而且已經放了殺蟲劑。他把一張紅色的紙貼在窗子上告訴我：「他如果回來，我們就來抓人。」毫不含糊。我想他是不會再回來了，已經服服貼貼地走了。

晚上我去了羅蘭崗，享用了想念很久的美味酸菜鱈魚湯。這幾天的辛勞和緊張夠資格「對自己好一點」。餐後打開一個幸運餅乾，字條上寫著：「成功是屬於頑強不屈和不怕失敗的人。」不由地歡心笑了起來，世上哪有這樣的巧合！上帝給我一句最美好的結束語。

# 信用高分的房客也有官司

　　超級惡房客光頭離開後，來了一個文縐縐的白人退休老師斯蒂芬，信用分數高達八百六十分，他帶著一個矮矮的又黑又胖的墨西哥女人。看過房子以後就交了一千六百塊訂金，說下個月就搬進來。看到這美好的信用分數，我寧守空房等他們。於是我撤了所有廣告，回絕了二十幾個電話，指望著今後能有一、兩年的平安日子。他們歡天喜地先搬進一個舊爐頭，在車庫裡洗了兩天。還把我的窗簾布拿回去，說要自己設計窗簾。他們如此開心，我也開心。

　　癡癡地等了半個多月，眼看著就要到月底，斯蒂芬突然電話說要搬家去西雅圖，不租房了。我趕緊再上廣告，當晚就有人看房子，新的一輪麻煩又開始了……。

　　為了息事寧人，我同意退一半押金八百塊，他們說那舊爐頭沒用了，要留在這裡，我怕日後麻煩，就多加五十塊，算我買的。

　　第二天一張支票銀行出了帳，我們的交易結束。

　　那幾天裡，我忙著查信用，接電話，終於找到新房客，月初搬了進來。

　　這個房子的意外總是頻頻發生，又是一個「沒想到」出現了：新房客來電話，要我去拿訴訟狀，說一個黑胖的墨

西哥女人來兩次，告訴她：「你的房東很壞，欠了我們很多錢，還搶了我們的爐頭……。」這是斯蒂芬的老婆所為！這個斯蒂芬真是死地墰！有八百六十分的信用還如此變幻不定。

房東的痛苦之一，就是要起個大早，按時去法庭。以前上班打卡，被老闆管著遲到早退，現在是被房客掐著時間工作。

我們在阿罕布拉小額法庭相見了，他要求我退回全部訂金。台上法官還是上次那個，台下原告被告換了位子而已。

斯蒂芬他們兩個在走廊裡卿卿我我，以示「團結就是力量」。一個瘦弱的女調解員蘇錫參與進來。她穿一身黑色裙子，臉色蒼白，烏黑的眼睛，尖尖的下巴，說話聲音如鈴聲清脆：「如果調解成功，就沒有記錄……」。

斯蒂芬主動到門外簽署要求調解，不明白他為什麼不直接跟我調解，而要到法庭來調解？

一個員警來說：「你們先雙方交換證據，等待調解員。」

他拿出兩張支票複印件，我也一樣。那個老婆仰望著我，眼睛鼓溜溜地轉，我要求看他們的送達證明，他說沒有。

我告訴他：「你們的送達是不合規定的。一、你老婆不可以送件，要由其他人送才能算數。二、你老婆把法庭文件公開交給我的房客，還說我欠你們很多錢，搶你們的爐頭，這是不對的。」

他們兩個一起理直氣壯地說：「我們不是夫妻。」

我驚呆了：「你們來的時候說是夫妻，現在的說法對我來說是新聞啊！不過沒有關係，我還是來了。」

　　斯蒂芬聽到「欠很多錢，搶爐頭」時，顯得很吃驚，眼睛睜得很大！身邊那個黑墨西哥女人趕緊閃身走了。於是走廊裡的「原告」就消失了一個，剩下斯蒂芬戴著眼鏡拿著文件夾安靜地坐著。

　　調解員來了：「你們願意一起面談嗎？」雙方都點頭同意。「斯蒂芬先講吧。」斯蒂芬打開文件夾，拿出幾張紙：「我是七月二日去看房子……」話音未落，忽然來了一個員警：「大家必須離開離開這座大樓，唧唧呱呱……」於是走廊裡的各族人民紛紛擁向那個寫著「EXIT」的小門，緩緩地下樓。

　　「發生了什麼事？」有人問。

　　「地震演習。」有人回答。

　　「大樓有建築危險。」還有人說。

　　「只是演習一下。」回答很到位。

　　這銅牆鐵壁似的大樓，這樣莊嚴肅穆的法院，原告被告等了半天好不容易面對面，才剛剛開始「對話」，就被一古腦兒地趕出了大樓。我想著很好玩，忍不住哈哈大笑起來。

　　調解員也笑了，「很有趣哦！演習。」

　　走到外面停車場，加州和煦的陽光溫柔地照耀著原告、被告們。我的心情輕鬆起來。我要求到那棵茂盛的大樹底下去「調解」，有點逛公園野餐的感覺，就差一盤烤韓國小牛排了。他們都跟過來了。斯蒂芬拿出一張紙對調解員說：「我可以念這張發言稿嗎？」

　　我一看！這不是和我一樣嗎？昨晚我用谷歌翻譯了自己的發言，也是一張紙，背了半天，還是記不住那個長長的單詞「廣告」。他是土生土長的美國白人，英文也有問題呀？

　　他前面說的基本屬實，最後吞吞吐吐說不租房是因為廚房龍頭有問題，沒有熱水。調解員引導：「你擔心搬進去還沒有修好對吧？」他順勢點頭說：「水龍頭是向外轉的。」

　　我及時地給予小小的糾正：「前面有房客被驅趕，他們住了半年，房子是沒有問題的。那個水龍頭已經向外轉了四十年。如果你接通瓦斯，你就有熱水了。」所有房客在法庭都是藉口說「房子有問題」，連這還沒拿到鑰匙的房客，也這麼說，看來是房客制勝的法寶。

　　調解員理解我，說也看到過這種水龍頭。她聽說我已經歸還了八百多塊訂金，恍然大悟：「哦！你已經給他押金了，那麼就意味著你們已經有協議了。」

　　她說要單獨和斯蒂芬談談，幾分鐘後，她回來問我：「你願意給他多少錢？」

　　「我為什麼要給他錢？給他錢不是就證明我錯了？」我說。

　　她把那雙細細的手舉到我面前，搖了又搖：「NO，NO，NO，你沒有錯，只是給他一點錢和解了，不用上法庭了。」

　　她告訴我斯蒂芬要我再退給他三百塊就結案。我出門前就定下底線：再退給他兩百塊，他今天還算誠實，比光頭要好的多了，就當給他一點獎勵好了，於是一秒鐘後就達成了協議。

　　回到法庭裡，這是第三次見法官。他問我：「你已經退給他訂金了，還要再多退兩百塊？」這話真讓人感到心裡平衡。

　　我笑笑回答：「我願意。」想起一個好朋友安慰我時說的：「去法庭就像去超市一樣。」今天還真的找到一點「超市」的感覺。

　　算算今年已經跑了三個法庭，見了七、八次法官，對法官的「畏敬」漸漸地轉變為「敬畏」，那個調解員特別理解我，說：「管理房子是一件非常辛苦的工作，完全不一樣的工作，必須是全職的。」

　　我的房客，我的老師，他們教會我修房子，教會我打官司，教得我能文能武⋯⋯。

# 泣血的秋天

　　九月是秋天的開始，加州的秋和夏是差不多的，白天還是陽光灼熱，到了晚上，秋意才進入你家，習習涼風撥得後院小草瑟瑟，望星星的時候就要披件外套。

　　天上的人是什麼樣的生活？會不會也有眼淚？

　　昨天，一個美麗的中國女孩，在槍聲中死去。她的靈魂踏著自己畫的彩虹階梯走進了天堂。她來不及和媽媽告別，就匆匆走了。都說人如果上了天堂，他們的眼睛就會變成星星，在天上望著他們所愛的人，小女孩一定也在尋找她的媽媽。

　　她的名字叫元，出生在中國東北一個海濱城市。三年前，隨著媽媽的美國夢飛到了心中的天堂──美國。她有一雙水靈傳神的大眼睛，潔白整齊的牙，笑起來像一朵美麗的玉蘭花，清純甜美。無論生活是否完美，她那彎彎的眼睛裡總閃著幸福快樂的光，因為她相信上帝給她的都是最美好的，相信神的愛和保守，單純的心就充滿了無盡的喜樂。

　　十二歲那年，開大車的爸爸，去送貨，留給她一個鬍子渣渣的吻，就再也沒有回家。媽媽說爸爸出遠門了，想他！就天天流淚。元知道，爸爸不會再回來，不會再給她吻，永遠不會。她用她那可愛的微笑，幫著媽媽撫平心裡的傷痛，

伴媽媽一起走過了那段日子。

　　有一天，從美國來了一個老伯，嘴巴寬寬，肚子大大，也是鬍子渣渣的，他喜歡媽媽，因為媽媽漂亮，媽媽喜歡他，因為他看起來忠厚老實，還可以帶著她們去美國建立一個新的家。他比媽媽大十九歲。厚厚的嘴唇是用來笑的，不太會説話。他給了元一張美金見面禮，在這小城裡可不多見，鄰里鄉親都為她們高興呢！她們憧憬著一個幸福的未來。

　　美國，一個世界上最富裕的國家，遍地黃金，大城市裡的人們都嚮往的天堂，何況這貧瘠的北方小山城。能飛去美國，在迪士尼的世界裡念書生活！這是多少中國人的夢啊！媽媽要去美國建立新家，要給寶貝女兒一個人人羨慕的天堂。媽媽嫁給了他，他的名字叫奇。

　　奇出生在台灣，六歲就被父母遺棄。養父母收養了奇後，就恢復了生育能力，一生再生，兒女滿堂。領養的長子就成了義務保姆，休學在家照看弟妹，他學會了煮飯做菜，洗衣清潔，直到弟妹長大。多餘的他在一九七八年買了機票飛來美國求生存，就永遠不再回去，家鄉沒有親人，就不再是家鄉。

　　沒上完小學，不懂英文，又沒有身分，在美國生存是很艱難的。他到餐館打黑工、到倉庫當搬運工，歷經艱辛，像囚徒逃犯一樣苦熬了十年，一九八六年大赦中他拿到了綠卡，幾年後又輾轉去了德州考取了美國公民，這是他一生奮鬥的唯一成就。

他的一生從未有過愛，沒有父母，沒有妻兒，飄泊不定，浪跡天涯。他會做一手好菜，又勤快乾淨，只是不會理財，吃光用光，五十幾歲還是單身。

按照錢鍾書的《圍城》論點，奇這輩子最大的願望就是往「婚姻」這座城裡衝。他登報徵婚、回台灣找都未能如願，沒有女人願意嫁給窮光蛋。當他從那個遙遠陌生的地方娶了一個嬌妻回來，他每日喜掛眉梢。

妻子太嬌艷，奇不放心。關她在家，養不起，放出去打工，又擔心飛掉。他愛妻子，他怕失去她，但又不知道怎樣去維護夫妻感情。他開始神經質地限制她的行為，時常為了一個電話、一個眼神而疑神疑鬼，引得兩人間摩擦四起。奇的朋友凡得知後，將他們帶到了教會，希望神能幫助他們夫妻和睦。凡還把奇的繼女元領回家照看，讓這對正面臨婚姻危機的夫妻有練習恩愛的空間。

元的媽媽和繼父輾轉北上要去舊金山謀生，留元一人在洛杉磯這個舉目無親的地方。小女孩離不開媽媽，抱著媽媽哭啊！她怕在這陌生的國度裡失去世界上唯一的親人。媽媽無奈的淚淌個不停，和美國公民結婚要兩年才能拿到正式綠卡，這是美國的法律，法律保護權利，不保護情感。婚姻中沒有了愛，還有綠卡的囚禁。要熬這兩年，可憐的女人要忍辱負重，付出生命，尊嚴，親情，要捨棄相依為命的女兒。媽媽必須走！留下寶貝女兒，跟著這個有些怪癖的老先生走了。

孩子離開了媽媽，頓時會成熟很多。元天生乖巧，很惹

人憐愛，她的每一個微笑、每一次撒嬌、每一點進步都給凡家帶來歡樂，彌補了凡的兒女離家上大學後的空虛寂寞，他們疼惜純真甜美的元，如同自己家的孩子。

誰知道媽媽去北加州還不夠遠，兩年後媽媽離開奇，為了病重的外公，又去了中國老家，一去就是半年。只要媽媽高興，小小的元願意忍受異鄉的孤獨。她隨凡家走進了基督，教會是她的新家，一個充滿了愛和喜樂的家園。

元是個聰明的孩子，學習努力，僅僅兩年，她的成績就達到了美國中學生的優異水準。學校、教會裡的大人小孩都很愛這個乖巧文靜的中國女孩。

秋天的熱是聚集了夏日的烈焰衍生的，是火辣的。加州的陽光烤灼了大地，也焚燒著奇那顆受傷的心。尋覓了天涯海角才成了一個家，短短兩年就妻離子散。他老了，快六十歲了，剛剛體驗到家庭的溫暖，就又回歸於零。如果不曾擁有過，也不會有失去的傷痛，他痛，痛在失去好不容易娶來的妻子。

他的心冷了，冷得殘酷。他恨，恨那背叛他，利用他的身分來美國的女人。他怨，怨那「挑撥」妻子離他而去的凡。他懷疑，懷疑每一個靠近過妻子的男人。他絕望，想著今生不會再有一個家。他的一切希望都破滅了！他的內心扭曲瘋狂，他沒有心情工作，日不思食，夜不能眠，他要報復！不惜一切地報復！

澈底的無產者是無所畏懼的。在這世界上他沒爹、沒媽、沒兒女、沒財產，他無所牽掛，所以他也無所畏懼。是

凡送妻子去了機場，是凡領養了他的繼女，這原本都是他的
權力，被凡這個男人剝奪了。他要找凡算帳，他沒有了幸
福，也不能讓凡留著幸福。

他辭去了工作，然後常常神出鬼沒地出現在凡家的門
口、凡太太的公司、女孩的學校路邊。凡問小元元：「你怕
不怕？」

「不怕！」單純的小女孩根本不知道要怕什麼？只是不
喜歡這個神經兮兮的繼父。她的心裡有神的保守，就什麼也
不怕。

又是一次長久的失蹤，人們幾乎忘記了奇的存在。他在
忙，忙著籌備了一個沒有歸途的計畫，一個殘忍瘋狂的計畫。

他弄清了凡和元的行蹤，還清了身邊的債務，清掉了所
有的家產，孤注一擲，去找凡算帳了！

九月中旬的一個星期天，初秋的陽光格外明媚，上帝在
教會裡看顧信實於祂的人們，忽略了那些在外流浪的罪人，
讓他們的心放蕩，行無羈。

奇突然出現在凡家的門口，手裡捧著一個包裝精美的禮
品盒。上面是一朵紅色的錫紙禮花。奇每次到別人家，都會
帶上一些禮物，所以凡家沒有任何懷疑。

「噢！是奇啊，你來啦？請進，請進。」邀他進家門。

「我想找凡談談。」奇說。

「可以，可以，我來了。」凡應聲而至。

奇提出要到後院去談，家裡有凡妻，還有一個九十七歲
的老媽媽。

　　兩個男人來到了後院那棵檸檬樹下，檸檬正熟，顆顆又大又青，掛滿了枝頭。

　　「你為什麼要破壞我的家庭？」奇單刀直入。

　　「我們是在幫你們。」凡的初衷未變。

　　「孩子還給我，我要帶她回去。」奇捧著盒子，加大了聲音的分貝。

　　「你自己都沒有地方住，我不放心把元交還給你。」凡愛元似自己的女兒，已經不忍心讓她離開。

　　「她是我的繼女，不是你們的，把我太太還給我！」奇激動得大吼起來。

　　檸檬樹高高，根深葉茂，碩碩果實包著的是酸，沉沉的，欲垂到地。樹下兩個本是朋友的男人已經敵意濃烈。對話變成了激烈的爭吵，驚動了鄰居墨西哥人，都伸長脖子想越過圍牆，看看兩人用他們聽不懂的語言爭鬥。

　　「我們去教會接元吧！」凡妻被他們的爭吵驚動了，她出來打斷這無結果的談話。

　　「我和你們一起去！」奇提出，抱著禮盒上了凡的雙排座的小卡車，坐在前座。

　　神啊！禰教導兒女要無限寬容別人，去愛我們的敵人，卻從未教導人們警惕！讓人們把一切憂慮統統交給了禰，禰卻沒有及時接收。

　　小卡車停在了教會的門口。元還來不及吃Amy的生日蛋糕，就說了「拜拜！」。她離開了那棟有著兄弟姐妹的充滿快樂的家，她要回去，完成一幅畫，「SOMETHING POSSIBLE」

那是按照老師給的題目畫的，星期一要交功課，她還沒有塗完顏色。她畫的是一座在天上的美麗城堡，彎彎的彩虹搭起了通往城堡的台階，赤、橙、黃、綠、青、藍、紫一層層整整齊齊，一直搭到了城堡的門口。她想告訴人們，有件事是可能的：有一天，我們將踏著彩虹的天梯，回到天上的家，那裡是美好、寧靜、幸福的，那裡有個關懷無限的父親，有永恆的滿滿的愛。萬萬沒想到的是，她這一天要回天上的家了！她不知道，也沒有人知道。

她高高興興地上了車，甜甜地叫了叔叔、阿姨，突然看到了奇，她不悅地低下了頭，不再言語。十七歲的女孩還沒有學會包裝內心的感受，所有愛和恨統統都顯現在臉上，她不愛這個和媽媽吵架的繼父。

「美國夢」不是多少中國人最美的夢嗎？又有誰知道也會是惡夢呢！

一路上，車裡是沉重的無言，凡夫婦沉默，他們只想快快地回家，結束這個怪癖朋友的糾纏。小女孩沉默。「媽媽沒有來，為什麼他卻來了？叔叔在，我就不怕！回家後快快完成那幅畫，明天要交給老師的，天堂的路，天堂裡的顏色。」

這一段短短的沉悶寂靜的路程，卻是人生的最後的路程。上帝看到了，但沒有告訴他們。

車到了家，駛進了停車位，凡的手在旋轉鑰匙，讓發動機停下。「轟！」一聲驚天動地的巨響，震驚了凡妻和小女孩。發動機停了，凡的頭垂了下來，肩上身上淌著的是生命

的紅色白色。彷彿太陽在那一刻爆炸了，宇宙間所有的秩序統統顛覆！

車裡的人還沒有明白，又是一連串山崩地裂的爆炸，繼之就是沉重的寂靜，人間的一切都變得渾濁汙穢。裂變的天際是黑，盲盲的黑！鋪天蓋地下來的是紅！紅！紅！慘烈的紅，生命的岩漿。

凡妻不知道是怎樣離開車的，奇他在車上呀！他開門讓後座的她下了車？這一瞬間，人的知覺是麻木了的。這都不重要，她還活著，她還會行走，她走進了屋子撥了911。

奇呢？他的計畫完成了，他怪癖到了兇殘，連他自己都不可思議。他曾經殺過雞、鴨、魚、蟹，可是殺活生生的人卻是第一次；他玩過鍋碗瓢杓，精煉無比，可是打槍卻是第一回。上帝說過：「饒恕他們吧！因為他們自己都不知道自己在做什麼！」

一切都不可能再改變，時間是不能再倒片的，只會忠實地一分一秒地向前。凡是和元一起走的，在這同一個時刻，車上留下了上帝用泥巴捏出來的兩個軀殼，他們的靈魂一起飛翔，他們飛向堅信著的天堂。元一點也不怕，因為有叔叔在，叔叔愛她，是會保護她的，和叔叔在一起，任何人也不能傷害她，她那隻柔嫩潔白的手臂搭在叔叔的肩上，她的紅和叔叔的紅融在一起。

在這一刻，奇變得極其安靜，他丟棄了那個有著漂亮外殼的禮品盒，裡面那支冒著煙，滾燙的槍空膛躺在地上。他一生送出過無數的禮物，這是最後一個，如此精緻又殘忍。

沒有人想到這個孤寂的、沒有文化的粗魯樸實的男人，竟激烈地寫完了三個人的人生絕句。他在那輛默默流淌著鮮血的小卡車邊徘徊，那兩個曾經是那麼熟悉的人還在身邊，但永遠也不會和他爭執了，他們輸了！完全澈底的。

十分鐘後，呼嘯的警車來了，不費吹灰之力就逮到了兇犯。是奇自己遞上了雙手，隨他們而去。之後，擔架抬出了已經不需要救護的凡和元。

美國的鄰居關係僅限於禮貌，加上有語言屏障，故事就不會流傳得變了味道。剩下的人們還是繼續平靜的生活下去，猶如什麼也沒有發生過。

媽媽在遙遠的故鄉，她只記得那天送元去上學，然後就去了機場，她不知道再飛回來以後會見不到女兒，她以為破碎了自己，可以給女兒一個最好的美國夢，可這美夢像彩虹泡泡一樣飛得很高，很遠，卻經不住這高壓高寒，破了！破得那麼慘！

媽媽倒下了，在醫院裡急救，她的心肝全破碎了！沒有人能為她補上。她是人，她沒有能力去面對心愛且唯一的女兒被槍殺。她來不及替女兒去遮擋那子彈。這世界上沒有了女兒，媽媽不知道要怎樣活下去！她躺在病床上如同一棵枯死的樹，任大家怎樣呼喚，也無法起來。已經沒有了淚，已經沒有任何方式能讓她紓解心的痛。早知道那是母女最後的日子，就算是天塌地陷也要守在一起。

她一定要回去美國，要抱她的心肝寶貝女兒！醫生用了多少藥才支撐著媽媽回到了洛杉磯機場，這裡曾是母女歡笑

的地方，此時卻已是孤單的身影，破碎的心。她的寶貝不在了，永遠不會再和媽媽手牽手同行了！為什麼要來美國？我的孩子啊！我的心！

秋，失落的季節，那婆婆的秋風帶走了女孩，她飛過了家園，院裡那棵碩大的楓樹，在秋風中輕泣，撒落在地的是片片的紅葉，每一片都是一個生命的飄零。她掠過太平洋，海面上是一片魘紅，西海岸像浸在大片的鮮血中一般慘烈；夕陽捲著紅色生命一起沉入大海。她從遙遠的地方來到這裡，僅僅是為了追尋一個夢，她美麗善良，純真質樸，她不懂什麼是恨，她的心裡滿滿是祝福，是愛，是喜悅。可誰都沒有想到她在十七歲的花季裡，在她的夢還沒有開始，就像一片被折斷的嫩嫩的紅楓葉飄落了。

玫瑰山崗，青翠的細草覆蓋著起伏的山巒，漫山遍野的玫瑰花，並不是生長在那裡，而是親人捧來的祭奠故人的，遼闊的草坪上，那星星點點的紅，猶如生命的再生，是活著的人給續的。

週末下起了暴雨，媽媽回來了，在這愁煞人的秋風秋雨之中回來了。

她懷裡緊緊地抱著那只白色的瓷瓦罐，裡面是元那稚嫩的身體化成的白骨灰。媽媽想用自己的身體來暖回女兒，希望她能像十七年前一樣，從媽媽愛的生命中再生出來。

時間到了，那瓦罐被放進了土坑裡，媽媽捧著一把土仰望蒼天，將它揉得粉碎又捂到胸口。「媽媽陪你！天啊！」一聲撕心裂肺的呼喚，一份痛徹心扉的絕望！撒落到墓穴裡

的是媽媽揉成碎片的心，滴下的是媽媽心頭的鮮血。媽媽那美麗柔弱的身子倒了下去。

「因祂活著，我不懼怕，我知道誰掌管明天，生命充滿了希望，只因祂活著。」

教會的朋友們輕輕地唱起詩歌，只有上帝的聲音能安撫如此深重的傷痛。祂告訴媽媽：女兒回天上的家了，有一天你還能和女兒再見面的。媽媽安靜下來，是因為有盼望。

一切都結束了，結束在這泣血的秋天。我們費盡心思移民；我們離鄉背井；我們憧憬富裕文明的生活；我們渴望一份自由發展的空間；我們到海外求學鍍金；我們燃盡了自己為了給孩子一個美好的未來，我們沒有錯，為什麼是這樣的結局?!

一個人活一生，會有很多的夢想和願望：出國、綠卡、房子、車子、愛人、兒女，當一個願望達成之後，又會有新的願望出現。人就活在這一個又一個願望和夢想之中，每個人把願望和夢想降低一點點，就可以得到平安和快樂，可是人們不願意，於是悲劇就發生了。所有的願望和夢想，都會隨著時間環境改變著。

洛杉磯著名的雙塔監獄座落在市中心，那是兩棟粉紅色碉堡式粗壯的大樓，南塔是男監，北塔是女監。等候在大廳裡的家屬，大都是黑人和墨西哥人。

「如果時間倒回去，你還會這樣做嗎？」

「就像時間不會倒回去一樣。」奇那蒼白的面頰上流了很多的淚。

★洛杉磯監獄

　　普希金的童話故事《漁夫與金魚》中那個無休止地向金魚提出要求的老漁翁，最後守著的還是他那破舊的魚盆。在這個鐵窗裡的秋天，奇只剩下了唯一的願望——「活著」。

　　美國的法庭是彰顯人權的，政府給奇派了免費的律師，經歷了一年無數次的開庭過堂，律師極力為奇保住了生命，但奇將在精神病院度完他的餘生。

# 大戰希臘惡房客

　　我搬家去了羅蘭崗，因此，河濱縣的那棟小木屋需要找個房客，好讓我還貸款和付高額的地稅。從房客到房東是階級地位的變化，一下子還不適應。小時候看的電影《白毛女》的故事裡，佃戶楊白勞年在三十晚上被地主黃世仁逼債，喝鹽鹵而死，很可憐。現在才知道黃世仁的日子也不好過。其實房子的名字是誰的並不重要，住在裡面才是真正享受房子的人。收房租只是心理安慰而已，有時也是很辛苦的。

　　買房子的經紀人班是個伊朗人，白鬍子，勾鼻子，聲音洪亮中氣十足，他說幫我壯壯膽，代理租房，他只要百分之六房租的傭金，說是做個朋友。於是房子前後都掛上了「For Rent」的牌子和我的電話號碼。此舉確實有效，人們紛紛打電話來租房。雖然很多人約看房子，但都被他回絕了。他力求完美，要求房客雙方工資都很高，信用分數六百以上，房租是房客們收入的三分之一才行。這樣好條件的人，還會租房子嗎？實在渺茫。好不容易來了一個符合條件的：父親拿退休工資，女兒有份工作，還有一個讀小學的孫子。可是班又說如果明天父親死了怎麼辦？

　　兩個月過去了，房子還沒租出去，卻收到市政府的警

告：租房要有商業證書，必須補辦，金額是每年一百塊。真
是雪上加霜，心裡開始發慌。

## 引狼入室

　　背著班，週末我去那裡守株待兔。希臘人塔德一家來
了，這是一個大腹便便的男人，高大肥胖如同一個藏匿已久
的木頭大酒桶，穿著件棕色的T恤衫，臉頰的肥肉垂下和下
巴平齊，幾根長短不一的鬍子胡亂地栽在鼻孔下面，擋著呼
吸。嘴裡只剩下一顆門牙杵在外面，說話句句漏風，眼珠突
出好像隨時就會掉下來。開口咄咄逼人，手裡拿著一厚疊綠
綠的美元對我說：「我們可以立刻付錢給你！馬上搬進來
的。」人不可貌相，我收房租是為了付房屋貸款，管他是什
麼人！此房空關兩個月，我心裡發慌。看到一個帶現金來
的，就給他吧！

　　「你們給原來的房東三十天搬家通知了嗎？」我按規矩
問道。雖然急需錢要付帳單，但也不能擋舊房東的道。

　　「我們從外州剛搬來，還有兩個小孫子，急需找到住
處。」他晃晃手裡的錢，妻子滿臉堆笑慈祥地望著我。

　　我說：「先付一個月的保證金加一個月的房租，你們就
可以搬進來。」他的電話區域是202開頭，真不是加州的，
這就是他所有的信用。我再想到這一大家子人，還能隨便搬
家？就相信他了。他的妻子是丈夫三分之一的體積，瘦小精
幹，當場開始擦冰箱，刷洗廚房。

簽約後，他又改口說付押金的錢不夠，因為搬家還需要一些費用。證件也沒帶，過幾天給我。我理解，就同意他們先付一半的押金，等搬進來後再付清。租約寫著兩個成人，兩個兒女和兩個孫子共六人，住這個四房三浴的房子。

第一次收房租的日子到了。一清早，我就打電話問塔德，他說有點事，過五分鐘會回電給我。一個小時過去了，沒有回電。再撥一次，他又說過十分鐘再回電。兩個小時後再打給他，他女兒說老爸出去了。「請轉告你爸，今天一定打個電話給我。」我的直覺是他在耍賴。

「他今天不一定回來。」他女兒淡定地回答。

這是什麼意思？我忍不住著急起來：「一個小時內如果接不到你爸的電話，我就打電話給員警。」你們不付房租，還是要騙我？

「員警」對塔德管用，五分鐘不到，電話就來了：「我出去倒垃圾了。現在我沒錢！下個星期付給你！」口氣粗暴，好像是我欠了他的。

「那你有多少先付一些，剩餘的下周再付好嗎？」這第一個月就分文不付，我心不安哪！只好哀求。

「沒錢！沒錢！要來拿只有十塊錢。下周再打電話來！」塔德的口氣很兇。我心裡一怔，階級地位雖已改變，房東怎麼還是被人壓迫呢？我就算跑去，也沒希望，磨來磨去，最後他終於答應下週一付錢。

美國人流行超前消費，欠著債也活得瀟灑自如，死而無憾，而債主的日子卻過得忐忑不安，不得安寧。

　　我那間在河濱縣的房子，週末總是陽光明媚，回家如同穿山越嶺去探險。我來到那棟小樓，小屋子前院青草碧綠。房子雖然換人住，依然親切溫馨。塔德有兩個粗壯的成年兒子，一個在車庫翻東西，一個坐在草地上望著馬路發呆。屋裡還算乾淨，客廳如同幼兒園，有五個同齡小孩滿地亂跑，也不知道是誰家的孩子，塔德太太不停地吆喝著。還有一個嬰兒睡在希臘美女的懷裡。塔德的女兒很優雅，裹著一件乳白色柔軟落地的長裙，就像雅典奧運會點火炬的希臘女神。她端莊地坐在門口抽煙，一縷縷白煙從她口中吐出，在白裙子上繚繞著飛向天空，顯得神聖、純潔又美麗。我第一次看到希臘美女，這樣醜陋的老爸怎麼會有這樣一個女兒？

　　塔德穿著花條子的休閒短褲，拿著一根釣魚竿準備出門：「先付給你七百塊。」

　　「不是說好了今天付房租的嗎？」我看到那半個月的租金又感到意外。

　　「你昨天不來，今天就剩下這一半了。」他理所當然地順手蓋上了小冰箱的蓋子，看也不看我一眼，就往門外走。

　　天哪！這收房租比趕飛機還須準時，晚一天，就會飛掉一半！我待在那裡不知所措。「還有一半，下星期三晚上再來拿。」人家還給我一線希望。

　　灰溜溜，我走了，只帶走半片雲。

　　那個晚上，月光皎潔，塔德太太從門縫裡把另一半的租金塞給了我。第一個月就算結了帳。

★塔德一家搬進了我的房子

## 驚人的電費帳單

又到了收房租的日子，塔德還是拖了一個星期才讓我去拿，他家的日曆和我的有著不可抗拒的時差。我可不敢遲到，怕再節外生枝。

塔德沒有支票本，每次給我的都是現金，他一邊數錢，一邊咬牙切齒地說：「我們賺的錢都給你了！」讓我飽嘗「剝削階級」的罪惡感。他惡狠狠地把錢甩在沙發上，讓我一張一張地拾起來，好像一個得人施捨的乞丐。男人不管有錢沒錢，氣勢總先要壓倒對方的。我根本不敢提遲納金，說

不定他還要給我一拳哪！塔德總是藉口說是人家的支票一直沒有寄給他。房租的命運拐彎抹角撲朔迷離，我絕對無法掌控。

塔德太太理直氣壯地把一堆信件扔給我，其中有上個月愛迪生電力公司給我的帳單四百八十六塊！塔德當時答應搬家後換電費帳戶名字，他沒有兌現。

我簡直不敢相信這驚人的電費帳單數字。往日一年的總和也沒有這麼多。打電話請Edison公司來核對一下，是否抄錯了電錶？電力公司複查後回答我，沒有抄錯。這個月房租沒有催，變成要催討電費了，從不消停。塔德承諾下月一起付，並對上帝保證：明天就更換電費帳戶。

我和女兒省吃儉用，築巢壘窩是希望將來有平安的日子，怎麼會碰到這樣一群瘋狂消費的陌生人，讓我無限擔憂，漫漫長夜難入眠，我連打電話的勇氣都不夠了。班見我焦慮不安，自告奮勇要隨我一起去收房租。

加州天天陽光燦爛，任何憂鬱都會被陽光醫治。房子已經在人家手中，必須繼續面對。星期六早上，班和我約好一起到塔德的家，企圖收到第三個月的房租。

車庫外停車位上，有兩輛亮閃閃嶄新的大卡車。他的兒子正在擦洗車。前院的草地，還有一個男人倒在躺椅上抽煙曬太陽，那是塔德的弟弟。屋裡兩個年輕美麗的女兒，還有一群孩子，塔德太太穿著時髦的長裙，笑容滿面地望著我們。這一家人已經從六個變成了十幾個。

一開始就沒得商量，塔德當著一大家子人，威風凜凜對

我大吼：「今天沒錢付給你！」他那突出的眼球，似乎要從眼眶裡彈出來消滅我，我好像是他的奴僕加仇人。

「這是我的經紀人班，以後是他來收房租。」幸好有班在，他好像那打著燈籠的管家穆仁智，要不然就輪到黃世仁喝鹽鹵去死了。我退到前院的草地上，讓班出場交涉。塔德看到大鼻子的班，有點緊張，和他握手，然後說現在美國經濟不好，沒錢付房租。

班還是有經驗的，慢條斯理地說：「是呀，你們真的沒錢付房租，我理解，那麼你們就要考慮搬去一個小一點的房子住，減輕一點負擔。瀟瀟也要付貸款的，大家都很難哪……」男人對男人平等，不能發兒，也不能耍賴。塔德無話可說。

塔德說他們還有押金在我這裡，我們可以等一等。班搖搖頭：「NO！NO！NO！租約上寫著：押金是保證金，用來扣除所欠的電費帳單、遲納金、清潔和房子損壞的修復，不可拿來當房租的。你們考慮一下吧，是付房租還是搬家？我們等你們的電話。」

幾天過去，塔德保持沉默，不回應，也不付錢。我上網查看電費帳單，名字沒有改，費用卻又漲了一百多。他向上帝保證過了，依然沒有兌現，我還能相信他們嗎？這樣繼續放血，誰受得了？我生氣，著急，又擔心。

## 請神容易，送神難

　　想想不合理呀！以前我做房客的時候，怕房東；現在做了房東，怎麼又要怕房客？塔德呀，塔德，我們來自不同的國家，與你萍水相逢，無冤無仇，為什麼你要欺負一個素不相識的小女子？他家有四個身強力壯的男人，都是在美國長大的，英文好，體力強。而我一個瘦弱女人還要帶著一個孩子，我們怎麼鬥得過他們？請神容易，送神難哪！我陷入深深的困境。

　　班說這家人問題嚴重，很難管理。房租不可能按時收到，僅僅電費就可以讓你傾家蕩產。每個月都這樣折騰怎麼活？還是請他們走吧，長痛不如短痛。

　　塔德不改電費帳單名字，倒是給了我一個機會，我是用戶，有權要求停電。我告訴他們已經通知電力公司關閉帳戶，也就意味著三天後停電。結果第二天帳單名字就變成了艾登——塔德的女婿，人多好辦事，他家可以繼續用電。但是前面拖欠的那筆電費，依然掛在我的名下，直到永遠。

　　美國的司法面面俱到，什麼糾紛都考慮周全。班拿來一份正式的《三天之內付款或是搬家的通知書》，仔細填寫。通知書裡有一格是填寫他們所欠的款項。他把欠款做得很高，看得我都嚇一跳：一個月的房租、電費、遲納金，竟然高達兩千八百多塊。這是逼他們選擇付錢，或是搬走。我想面臨這樣高的債務，他們逃走才是明智的選擇，而且應該很

開心地搬家，似賺到一大筆錢。

　　《三天通知書》是驅趕房客的第一步。房客一般不會視若無睹，否則他們將面臨官司，最後還是會被員警驅趕出門。

　　我鼓足勇氣再次敲了塔德家的門。塔德太太開了門，我把《三天通知書》當面交給她，她居然不慌不忙，笑容可掬地對我說：「God bless you！」還把雙手合在一起對著天空舉了一下。

　　「God bless you, not me.」我笑笑搖搖頭。隨後去法庭，買了一份驅趕房客的表格，並打聽相關的程序，準備跟他們上法庭。

　　法院外大排長龍，世界各國人的面孔，繞過了大樓，延續到外面的大草地，一個多小時以後才能進到法庭。法庭的文書告訴我，開庭費用是二百五十五塊美金。這樣的案子太多，開庭需要等到三個星期後。就算法官判決他們輸了，要想拿回所欠房租也很難。申請員警驅趕房客，還要再等三個星期。所以即便走法律程序，他們也還可以穩穩當當地免費住上六個星期。房東沒有其他選擇，法院雖然可以主持公道，但當事人的時間、精力的消耗是必不可少的。

　　我已經沒有退路，必須走司法程序，才能安全地收回我的房子。填完訴訟狀，準備好遞交法庭，這對於一個英語不熟的中國小女人來說，是沉重的道路。

　　三天過去了，塔德在那裡沒有動靜。班告訴我必須按時去法庭，交錢起訴，然後把訴訟文件當面交給對方，才能有效立案。否則那份《三天通知書》就作廢了。

　　遞交法庭文件前，我回去看看。那小木屋，所有的門窗緊閉，屋前院後靜悄悄，已經沒有一輛車，似人去樓空。敲門沒人開，電話沒人接。窗簾縫裡望進去，餐桌還在。但我不敢開門進去，萬一他們躲在裡面是很危險的。

　　如果他們已經搬走，我再去法庭不是浪費錢嗎？晚上，我又去看了一次，這房子黑燈瞎火如同一座廢棄的碉堡，沒有了人煙。我興高采烈告訴班，他們好像搬走了。班警告我：就算他們已經搬走，我也無權進入房子，因為我們有租借一年的合同。我一個人進去是危險，而且非法的，他們可以告我！

　　可是這熱熱鬧鬧的一大家人，突然消失在空氣中，我無處尋找他們，又無權進入房子。該怎麼辦？我六神無主。人生在世，就是有人不斷製造危機，有人解決危機，面對形形色色的人和事，要找到各種各樣的方法去解決。當我們碰到問題時，就是學習處理危機的時候。要學習怎樣面對不同的人，和從各種困境解放出來，是每個人終身的課題。

　　我找到一個又快又簡單的方法請他們搬家，並且盡早得到進入房子的合法權利。與其交給法庭二百五十塊錢，等六個星期，激戰一場後分手，還不如把這錢給他們，請他們搬走了事。

　　「塔德先生，如果你們真的沒錢，我計畫給你們一些錢，幫助你們搬家，請打電話給我。」我在那個總是無人接的電話裡留了言，奢望塔德能談判解決。

　　不到五分鐘，那個似乎永遠關閉了的電話復活了：「我

們需要錢，你給我們錢，我們就搬家！」塔德不知躲在哪裡，回話呼呼地漏風。不管怎樣，給了我希望！

「你們已經欠了兩千多塊了，為什麼你家那麼多人不去工作？」我真不能理解哪！

「我們都找不到工作！」一個男人居然心安理得地對一個女人說。

「我是一個單親媽媽，我每天努力工作，要養活一個孩子，難道還要我來負擔你的家人？負擔你的家人應該是你，而不是我！」想到那一堆太陽底下曬肌肉的男人，和坐在門口從容不迫抽煙的美女，我心裡就不平衡，這樣的人不值得同情。原本想付他們搬家費當作破財消災，這時候我改變了主意。

「你們那麼多人，怎麼會找不到工作？我也有很重的負擔，還要替你們付那麼多的電費，你可不可以先付給我一些電費。你們欠的房租等你們搬家後，再慢慢還。」我轉個話題向他要錢，是逼他表態搬家。我知道他搬家後，我就永遠不可能再見到他們了。

「我沒錢，我們會搬家的。」他終於表態願意搬家。「什麼時候？」我趕緊問。

「下週二，或週三。」他說得很隨便。但這只是一個空頭的承諾，到時候他不搬，我還是無計可施。我以為最好是拿到塔德的書面搬家承諾，那樣我就可以合法進入房子。這也是最快，最簡潔結束這場租房糾紛的辦法。

「塔德先生，我怎麼相信你呢？我需要你寫在紙上。

你給個確切日子，寫個字條給我吧。」我把聲音放慢認真地說。只要拿到塔德寫著同意我進入房子的簽字，就是勝利。我就不必等六個星期的法庭過程，馬上結束這場糾紛。

「二十二日搬家，我會寫給你的。」塔德終於同意了！他也許是怕我到法庭起訴，這樣他就會留下很壞的記錄。他們對法庭規則很清楚，被告人躲藏起來，你就告不成。有些人正因為信用壞了，連在銀行開帳戶的資格也被取消。他們才會手拿一疊疊的現金出來租房，塔德當初就是如此。

我萬分欣喜：「那麼我明天下班來拿好嗎？」

「過幾天吧。」不知道是不是又想推拖。

我急忙說：「不用拖了，又不是支票。」每次他拖欠房租，都是以沒有及時收到別人的支票為藉口，這次他不能用這藉口拖延了。

「明天晚上九點半，你來我家拿。」他說完，就掛了電話。

## 危機四伏

班不讓我晚上九點半去，他說那麼晚獨自一人去塔德那裡，如果他們開車出來撞傷你跑了，這個世界上沒有人知道。但這是個機會，我不能不去呀！這大鼻子老頭班還很老道，有義氣，願意冒險與我同行，協助我討回公道。

他叫我預先列印一份同意搬家書，準備讓他們簽字：

「我，塔德。決定提前終止租房合約，並於十一月二十

二日搬出去，瀟瀟和她的女兒可以在十一月二十三日搬入這個房子。──簽字／日期」

後面那句很重要！憑這句話，那天我可以名正言順地進入我的房子。如有意外，我可以叫員警。

天黑以後，這小街上寧靜極了，沒有星星，剩下半個月亮被扔在混濁的夜空裡。鄰居是一棟棟獨立小屋，互不相連。家家戶戶都門戶緊閉，在這熟悉的小區裡住過幾年，我是唯一的中國人。以前只是站在後院數過星星，但從來沒有在這無人的街頭站過，心裡居然有些恐慌。

奇怪！這麼晚了，房子裡面窗簾垂著，黑洞洞沒有燈光。樓上的窗戶隱隱約約地有一絲暗暗的灰白光亮。我上前按門鈴，無人回應，再敲門，還是沒聲音。心裡就開始緊張起來。這麼晚了，如果在這裡發生任何事，周圍的鄰居是不會聽到的。想著心裡陣陣發寒，我是沒有力氣抵抗任何襲擊的。

這時候班的車到了，看到他從車裡走出來，我好像見到救星：「班先生，沒有人在家。」恐懼的情緒開始安定下來。

「打電話給他們。」班揮揮手。我打了電話，又沒人接聽。已經快十點了，開車那麼遠過來，不能無功而返。我連續撥打塔德的電話。

「我們在外面，等十分鐘後回來。」他終於接了電話，看來他就在不遠處。

我和班就站在門口等著，班又開始說些聳人聽聞的話：「瞧，這僻靜的地方，你一個人多危險！他們如果開車來撞

你，就沒人來收房租了。而且不會有人知道誰幹的。」

「謝謝！謝謝！班，我將付給你一百塊錢，作為這次幫助趕房客的酬勞。」我的心裡真得很感激他。他大鼻子的美國人外表和熟練的英語，很適合收房租的角色，在與房客交往中確實有幫助。如果我有這樣的形象，塔德就不敢那麼囂張地欺負我。

「謝謝！還有一頓晚餐哦！」說著他哈哈大笑。我們聊著，等待著……。

突然一陣風馳電掣，一輛黑色的大卡車從街頭逆向飛馳而來。「嘎—」一聲停在我的車對面，嚇我一跳！

從車上跳下一個年輕的西裔男子，車上還有一個人看不清楚。他看到班一愣，轉向朝我走來。

「我是艾登，塔德的女婿，這是我們寫的字條。」他拿出一張皺巴巴的白紙遞給我。藉著朦朧的月光，我看到角落裡列印著幾個小字「我們十一月二十二日搬家。」下面是歪歪曲曲地手寫字跡：蘇珊。

「這張不行，你們還要寫十一月二十三日我們可以搬進去。」我搖搖頭說。這是全部計畫中的重點，必須讓他們寫上，否則還會有麻煩。

「你們寫得不清楚，瀟瀟已經寫了一份完整的，你們簽字就好了。」班在一旁解釋。

「你們媽媽在嗎？我需要她簽字。」我故作鎮靜。手裡捏著事先準備好的字條，很緊張，生怕他們藉故不簽。

「她在洛杉磯的醫院照顧病重的外公，最近都不會來

的。我可以代她簽字。」我知道他們不會讓我再見到蘇珊，怕接到法庭訴訟狀。如果蘇珊的信用也毀了，以後租房就更難了。

「好吧。」他看了看，就在上面簽了蘇珊的名字。然後發動了汽車引擎「嚕──」一聲呼嘯而去，消失在夜幕裡，他們並沒有進房子，他們就住在附近？不到十分鐘的路程。現在我們在明處，他們卻躲在暗處，隨時出現，危機四伏哪！

無論如何，我拿到了這張萬分重要的字條。我把它折好，小心翼翼地放進包裡，如同卸下重擔。我不用去法庭了，再過幾天我就可以光明正大地回到那裡。如果他們搗亂，憑著這紙條，我可以叫員警……。這一夜，我睡得好香。

二十二日當天，我和塔德通電話。他說把鑰匙放在門口。他們已經搬走了。一顆懸著的心終於落下了，以為這事就此了結。

第二天下午，我讓女兒開車回去看看，不久接到女兒萬分火急的電話：「媽媽，你快回來呀，我害怕，不敢進去。」聲音顫抖。

「怎麼啦？」大白天的她為什麼如此驚恐。

「門上寫著字，說他們下次再來就進到房子裡面去！」她不知所措，無論如何就是不敢進房子裡去。

「打電話給員警！」我相信美國員警。說著立刻往家趕。

到家一看，乳白色的車庫的門上，黑色油漆噴著兩排殺氣騰騰的大字：「Next Time I am Coming Inside（下次我將

進到裡面去！）」右上角還塗鴉了一個幫派的符號。讓人看了心驚肉跳。

員警來了，做了筆錄。我說到塔德女婿叫艾登，員警告訴我警察局早已有他的案底記錄，正在尋找艾登，這讓我捏了一把冷汗。

班也趕到現場：「你碰上了最壞的房客了！我從來沒有看到過這樣的房客，多危險！」他一邊說，一邊用手摸摸那黑色的噴漆。漆色已乾，很難擦去。「你要重新刷漆了。」

我硬著頭皮進屋檢查。樓上一個臥室牆上有個大洞，餐廳裡留著一個大餐桌沒有來得及搬走，車庫裡地上有兩紙箱的藥品，像是做生意的，但不知道是什麼藥品。房客留下的物品中，第一次有這樣成箱的藥品，我不知如何處理。

塔德太太是愛乾淨的人，這麼多孩子，浴室和廚房弄的乾乾淨淨，冰箱裡還有留著幾包碎牛肉。女人盡了本份，男人卻沒有給她一個安定的住所。

他們搬走原本是值得欣慰的事，但留在車庫門上的那幾個大字，弄得又恐怖起來。這場糾紛只是形式上解決了，卻埋下了更大的危機。塔德知道我要他女婿寫字條，無法再賴下去，惱羞成怒，存心報復。不知道他們什麼時候再來，也不知道他們究竟還會幹什麼？我又陷入深深的憂慮和驚恐之中。

## 遠親不如近鄰

　　在美國，鄰居間通常是住上十年也互不來往。但這天，周圍的鄰居都聚到我家車庫前。有兩輛停在小街邊的車，也被人噴上化學藥水，毀壞了油漆。可是鄰居們沒有一句抱怨我的話。他們告訴我，塔德昨天半夜一點左右回來過了，早上就發現車被破壞了。我感到非常虧欠，因為我租房不慎，給鄰居們帶來許多的麻煩。「對不起！對不起！真的對不起！」我望著那大面積被腐蝕剝落的油漆，心裡充滿無限的內疚。他們平時愛車如命，擦洗得鋥亮如新，車子被破壞成這樣，他們一定很心痛，我真不知該怎樣來彌補他們。

　　「沒關係，又不是你的錯，這家人一搬來，我們就發現有問題了，他家的車特別多。進出的人也很多。」隔壁琳達告訴我。

　　「你有他們的車牌號碼？」我問。

　　「沒注意，反正都是加州的車。如果他們再回來，我一看就能認出來。」琳達肯定的說。「我已經報警。如果他們再來，我還會報警。」美國員警很敬業，給人民安全感。危機發生的時候，他們總是擋在前面，用自己的生命保護民眾。

　　怎麼能讓無辜善良的鄰居們，生活在威脅恐懼之中？解鈴還需繫鈴人，我拿起電話與塔德交涉。

「塔德！你聽著：你的孩子半夜一點鐘回來過，他破壞我家車庫，損害鄰居家的車輛，造成了很大損失，我們已經報了警，員警會在我們這裡加強巡邏，你們的車牌號已經被拍照，我告訴你：如果你不想讓你的孩子進到監獄裡去，就管好你的孩子，叫他們不要再回來做任何蠢事，員警隨時會抓他們，還要你們賠償所有的經濟損失！」這番話真真假假，虛虛實實，嚴厲又誠懇。

「哦，甜心，我知道了，謝謝你，我們不會再回來了。」塔德做賊心虛，一聲不吭聽我說完，一改以往兇神惡煞的態度，變得非常溫和客氣。他沒有否定是他們幹的。至此，這場危機算是澈底解決了，大家不必生活在恐懼和擔憂之中，因為敵人退出了戰場。

邱吉爾先生說過：「遇到危險時，每一個人都不應該轉身逃跑。當你一轉身，你就身處於加倍的危險中。如果你機智面對，就等於化解了一半危機，因此絕對不要逃跑！」這個世界上，邪不勝正，只要你坦蕩勇敢地面對邪惡，最終失敗的必將是躲在陰暗角落裡的壞人。我們在最短的時間裡，趕走了一個危險的房客，感到欣慰。

琳達的先生奧蘭多不太說話，用他的西班牙語比劃著告訴我，「Home Depot（紅地炮）」有賣清洗塗鴉的油劑。我趕緊跑去買了兩瓶。美國不愧為精英聚集的地方，居然製造出這樣神奇的試劑，而且價格便宜，令人驚嘆。希望明天能還原我那美麗的小木屋，也還給鄰居們一個安寧的生活環境。

　　美國人愛車如命，有句話說：「美國人寧可借老婆，也不借車給他人」，我的房客破壞了奧蘭多的兩輛新車，不知道他們有多心疼！修復它們需要幾千塊錢呢。奧蘭多不僅沒有讓我賠償，還半夜幫我擦車庫門上的塗鴉，讓我感動的不知如何是好！

　　班和鄰居奧蘭多一起過來幫我擦車庫門，奧蘭多還從家裡搬來了汽車打蠟機器擦洗，省力又快。對面金髮碧眼的小夥子也來了，他們輪流擦著，一直忙到十二點多，終於擦乾淨了。

　　那「轟隆隆，轟隆隆……」的機器聲，拍打著寧靜的夜，北斗星又掛上了車庫屋簷。我遠離故鄉，在這地球的一個角落裡，遇上了麻煩，還牽連無辜的鄰居。這些互不相識，言語不通的鄰居們不僅沒有絲毫抱怨，反而鼎力相助。他們的善良，通情達理，讓我感受到有如故鄉親人般的溫暖，這個夜晚變得那麼美好，沒有恐懼，沒有孤獨，只有感動。無論天涯海角，遠親總不如近鄰。

　　「過了黃洋界，險處不需看。」經歷了這樣驚心動魄的故事，我不再怕任何麻煩，更不會因噎廢食。抓住美國房價狂跌的大好時機，繼續進場買房子，並積累經驗不斷進步。現在的房客們基本穩定，財富是靠智慧、勇敢、勤勞，一點一點創造的，我們的日子越過越好。

　　希臘，一個古老又遙遠的國家，就是這樣走進我的生活裡的。我渴望有一天能去看看那個古老而有著燦爛文化的文明古國。

# 黑色的小手槍

美國是允許私人擁有槍支的。這是美式自由之一。很多人都買了槍，說是為了保護家人，可是又怕小孩拿到闖禍，於是就把槍深鎖在箱子裡面，鑰匙藏得連自己都難以發現。若有突發事件，槍在箱裡面躺著，倒是挺安全；家裡的人，還是要靠上帝來保護。

哥來過我家，說我們母女在美國不夠安全，要我帶他去看槍。槍店如同軍火庫，什麼武器都有。長的散彈獵槍，大小不一的左輪，還有類似衝鋒槍的，戰鬥氣氛很濃呢！老闆長得很像中國的著名相聲演員侯耀文，修不平的皮膚，一副沒有度數的眼鏡，擴充著炯炯有神的小眼睛。他聲音宏亮，鏗鏘有力，開口噹噹作響，夠格賣槍！我看中的是三箭牌黑色小口徑女式手槍。

要買槍，先要由警局調查有無犯罪紀錄，然後通過槍枝安全考試，得到一份持槍證，付款之後半個月才能提貨。

我擁有的那把黑色的小手槍，樣式就像電影《列寧在一九一八》中的女特務用的那一種。標致的德國三箭牌女式小手槍，黑亮亮的非常漂亮。可惜我不會抽煙，若是配上一支吐著圈圈的香煙，不用化妝，就可以去演女特務了。

與人一樣，漂亮總是和嬌嫩扭在一起。我和朋友去靶場

試槍，這傢夥非常挑食，便宜的子彈會卡殼。我就為它準備了八顆金燦燦的銅頭子彈，希望它不要在關鍵時刻撒嬌失職。

槍是退了子彈，空膛放在衣櫥裡。女兒乖巧，從不碰男孩子的玩具，不用上鎖。

我就是這家裡的女人加男人，隨時變換角色，有時換不過來，就在夜裡偷偷用心靈裡的眼淚洗一下無奈的靈魂。我知道，男兒有淚不輕彈，那是因為流淚沒有用。有愛，眼淚會換取一份安撫；沒有愛，眼淚是無法幫你解決危機的。我很忙，每天解決各種問題都來不及，根本就沒有時間去玩眼淚。

那一天，危機真的來臨，而且是在天黑以後。

我家的浴室有扇小窗，高高地對著院子，窗子是用一片片雕花玻璃疊成的百葉窗。玻璃外面有紗窗，我又在裡面加上了一簾天藍色的小花尼龍布，重重的垂著，浴室顯得比較柔和溫暖。

晚餐後，關好門窗。女兒在客廳聽著音樂做功課，我進浴室準備洗澡休息。

嘩嘩的水聲中，隱隱約約聽到非常微弱的銅鈴聲，有人進了院子。今晚沒有聽說有人要來，這是誰呢？

半天也沒有聽見敲門聲，我感到有點不安，趕緊出浴，匆匆套上了睡衣，想去看個究竟。

剛跨出浴缸，忽然看見百葉玻璃正在慢慢張開。我就向窗口走去。一根木條伸了進來，正在緩緩地掀動那塊柔軟的天藍色窗簾。

　　怎麼回事？我用手撥開了窗簾，在兩片花花的玻璃之間，漆黑的夜幕裡，竟是一雙陌生又恐慌的大眼睛！我們互不相識，彼此的距離卻如此之近，讓我驚得停止了呼吸，他也來不及反應。就這樣，四隻驚恐萬狀的眼睛相對，隔著薄薄的紗窗，在黑夜裡凝固了！

　　「誰！」我反應過來，立刻大叫起來。

　　那雙黑眼睛立刻縮到了窗子底下，蹲在地上，一動不動。從窗裡望下去，是一顆黑髮男子的腦袋。

　　「你是誰？出來！我看見你了！滾出來！」我一聲聲的高喊著，想知道是什麼人，緊張中完全忘記了懼怕。

　　「你再不出來，我就開槍了！」想起了那支小黑手槍，我就渾身是膽。如果那槍在手邊，我會毫不猶豫的射出去！只要不卡殼，我就努力用它來保護我和女兒。

　　在美國，有人侵入家園，屋主有權開槍，打死了入侵者無罪。

　　「報警！韻，打911叫員警！」一時拿不到槍，就想到了員警。聽說美國的員警很好用，來得神速，又是免費。

　　女兒在客廳，歡快的音樂聲圍繞著她，有媽媽在的地方就有安全感，她聽不到我那顫抖的喊叫。

　　突然，大樹上的雷射燈自動亮了起來。那傢夥朝後院圍牆竄去，消失在茶花樹的黑影之中。

　　我飛快跑回臥室，拿起了槍，把子彈上了膛，開了門衝到院子裡面。浴室的小窗下，剩下一隻孤零零的油漆筒，虎視眈眈地向上注視著。院子裡大核桃樹對著小草地，在潔白

的月光下面面相覷。它們都看清了這驚魂的一幕，卻無法告訴我是什麼人。

這一天的角色轉換很成功，我舉著一觸即發的槍，像個男人一樣在院子裡來回地搜尋。我要他知道女人也是會用槍的，女人不是只會用眼淚保護自己的。女人保護孩子時比男人更加勇敢，女人絕不是柔弱的代名詞。

那圍牆靜靜，茶花靜靜，小草靜靜，一切都恢復了寧靜，好像什麼也沒有發生。

尋到了那間黃蜂駐紮的客房門口，我猶豫了，即使手中握著槍，我還是不敢進去的，我怕進去了出不來，我不能讓家裡唯一的小女生，從此沒有了媽媽。

我背著夜幕，退回了小屋，撥動了那個「911」。

「噢，人還在嗎？」警局的聲音。

「已經不見了！」我誠實地回答。

「走了，我們就不來了，如果他下一次再來，你再打電話。」員警掛了電話。

美國員警只抓正在犯罪的壞人，不會和我一起守株待兔。看來我是享受不到員警現場上演的動作片了。我是沒有能力讓壞人和我一起喝著咖啡迎接員警的到來。

關緊了所有的門窗，縮在沙發上，感到好冷，好冷，渾身顫抖不止。

如果窗簾打開時，看到的不是眼睛是槍口呢？

如果衝出門外，那人在門口奪了我的槍呢？

如果今夜真的開了槍，看到一個活生生的人倒在小院子

裡流血，然後慢慢地死掉……。

　　如果，如果……好在這些更恐怖的鏡頭都沒有發生。因為在任何一個「如果」面前，我的勇敢都是不夠用，我是不能對著一個人開槍的，我也不能面對一個流血不止的大活人。我是女人，我的靈魂裡是十足的女人，改變不了的。

　　我們承受過很多苦難，把苦難當作故事，苦難也是可以享受的，如同喝沒有加糖的咖啡，從苦中品出香來。

　　我們背著十字架向前行走，上帝是不會給我們一個背不動的十字架的。為此，我還要深深感謝祂，給了我恐怖的故事，刪除了恐怖的結局，豐富了我的人生。

　　員警的話我不能聽，我無論如何不能接受那個「下一次」。我想這一次的「入侵者」應該是不敢再進小院來了。大核桃樹已經明明白白告訴了他，這個房子裡有個美麗的女人和她那支殺氣騰騰的黑色小手槍，列寧都擋不住，他能不怕嗎?!我心愛的小手槍，有你，我就勇敢！

　　在我家發生的恐怖篇就此結束，那小屋依然溫馨暖人，我們在那裡平安地住了好幾年。

　　世界上雖然沒有鬼，可那些在明裡暗裡侵害別人的人，其恐怖超過了看不見的鬼。唯有勇敢才能戰勝恐怖，可是勇敢常常是因為無所依託創造的。願天下所有的女人都生活在平安裡，也願所有的女人把勇敢交還給男人。

# 洗劫之後

　　女兒上了中學，搬家去了河濱市，小區裡只有我們一家華人，女兒放學獨自步行回家，到家就打電話給我報平安。

　　和以往一樣，下午三點半，女兒電話來了：「媽咪，我已經到家了，你今天早上找什麼東西啊？家裡的櫥門都大開著。」

　　「我沒有找東西呀，什麼門都打開？」早上的時間最寶貴，向來都是匆匆忙忙送她去了學校，然後匆匆忙忙趕到公司，哪有時間找東西。

　　「媽咪呀！樓上走廊的櫥櫃門也打開了，東西都丟在地上，你找什麼呀？」她尖細的聲音有點哀怨。

　　這話有點不尋常，我放下了手裡正在修理的電腦主機板：「啊？媽媽沒有找東西，你在哪裡？」

　　「沙發也翻起來了，媽咪，怎麼啦？」她還在繼續觀察，小女生從來沒有危機感，在她的世界裡沒有壞人，一切都是媽咪的安排。

　　我意識到有人進屋搶劫，心怦怦地跳起來：「寶貝，你不要再進房子，趕快打911報警，肯定是有人進來過了！」這柔弱的小女孩沒有抵抗入侵者的能力，情況非常緊急！

　　「媽咪馬上就回來！聽話！千萬不要進去，OK？」此

刻我對女兒的安全深深擔憂。女人保護孩子是沒有任何懼怕的。此時此刻我恨不能立即飛回家，把女兒攬在懷裡。在這異國他鄉，我們倆就是全家，安全就是最重要的。

　　一路上我急迫至極，違規駕駛在公乘車道上，盼望著警車出現，好直接把他們帶回家。我一邊踩著油門，一邊不停地給員警打電話，請求他們快點到家裡。那裡有個小女孩，獨自待在狼藉的房子裡，空曠無人的路邊，處境危險！

　　通常員警是不會趕去一個沒有罪犯的現場，可我急迫的請求聲，硬是把他們給呼喚來了。

　　二十分鐘後，我剛到家，一個強壯高大的金髮員警也同時趕到。他腰裡別著一把黑色的手槍向屋內走去，轉過頭來神情嚴肅地向路邊努努嘴：「你們就待在這裡，我進去！」然後從槍套裡拔出手槍，英勇地向屋裡走去。此情此景令我十分感動，好像一個大俠從天而降，我把我和女兒的安全和信任都交託給了他。

　　他雙手緊握手槍，走進了房子，「有人在嗎？」他一面往裡走，一邊喊著。他穿著防彈衣，前胸後背鼓鼓囊囊，虎背熊腰顯得更加威武壯實。我摟著女兒緊張地站在前院的草地上，望著這個救星般的英雄，威風凜凜地走進屋子。我心裡充滿了感激，這個男人和我們非親非故，連語言也不通，卻在危機時候奮不顧身地保護我們，他是「最可愛的人」！

　　大約十分鐘，員警出來了：「我看過了，你們可以進去了，裡面沒有人，是安全的。」他把槍放到背後的槍套裡又說：「如果需要，過一個星期你們可以到警察局去拿報

告。」我們驚魂未定，茫然無措，只顧著點頭說謝謝。警車從屋前開出去，平時讓人心慌的警車燈，今天卻如同節日煙火，綻放出耀眼美麗的光采。

我們輕輕地走進家門，樓下廚房所有的門、抽屜都大開著，電視機太笨重還安全地站著。錄影機、DVD已不見蹤影，沙發的坐墊一個個橫七豎八躺到在地上，火爐也被打開……反正，所有可以打開的都打開了。

我倆誠惶誠恐地走上樓，臥室更慘！床墊也被翻了身，衣櫥裡架子上的物件被拋得滿地，箱子張著大嘴，衣物在地上堆成一座小山，已經無法邁進一步。梳洗鏡櫥敞開著，我心愛的一串水晶項鏈盒子空空，項鍊已經不知何處去。衣櫥、皮箱裡的一些首飾和寶貝也都不見了。一個傳家之寶，清朝銀器酒盅也在那天搬了家。公文箱裡的人民幣都轉入了美國籍。看到護照綠卡和一些文件還在，心放下很多，要補那些證件不是件容易的事，謝天謝地！

家裡像一片廢墟，怎麼辦？日子還要過下去，我們開始整理現場，把衣服一件件地折疊，重新掛回衣櫥裡。看到從那幾個塵封已久的箱底裡翻出那麼多衣服，女兒興奮起來，對著鏡子開始試衣服，一件一件地套上，再翻過地上衣服小山去照鏡子：「媽咪，這件穿上正好！好看嗎？」她長高了，以前不能穿的，現在能穿了。看著她歡快的樣子，我也忘記了被洗劫的恐懼。我們借機把兩年沒有打開過的箱子，整理一遍。「哦，我還有這件！」「噢，都忘記了，這件也很好啊！」那些壓箱底的衣服被人翻出來，變成意外的驚

喜。於是我們倆高高興興地整理衣物起來，財物被劫，心情
卻未被劫。

那次被劫了多少錢財，我自己也不清楚，有些東西不常
用，就永遠想不起來。那些被遺忘的東西，丟了也不可惜，
但是那只清代皇宮裡的銀器酒盅，讓我有點愧對祖先。它是
一隻純銀打造的酒盅，年份太久，已經失去光澤變成黑色，
有一次我用「去汙粉」擦了一下，竟然銀光閃亮，才看清酒
盅外面雕刻著精緻細巧的龍鳳花紋，杯底清晰地刻著「乾
隆」兩字。這是出土的清朝文物，曾經為我的外公所有。

外公當年是山東濟南的大鹽商，家境富有，在七里河造
橋鋪路，被人稱頌，他博古通今，諳熟詩書，據說那橋上還
刻著他寫的詩詞。我一直渴望哪天能去山東，看看那座橋，
和重溫外公娟秀的小楷毛筆字跡。外公喜歡收藏文物，據說
這銀酒盅是有人從古墓裡挖掘出來的，原本是一對，外公給
母親當了陪嫁品。它隨著我們飄洋過海來到美國，被我用紅
色絨布隨意包著放在衣櫥裡，暗無天日地繼續沉睡，從沒有
人動過它，它曾經躲過了大煉鋼鐵，又逃過了文化大革命，
可這次卻未逃過「洋劫」。

當年王公貴族用這酒盅享受「對酒當歌，人生幾何」，
感慨「山不厭高，海不厭深」，死後還讓這酒盅陪葬，也算
物盡其用了。一個世紀過去了，貴族們靈魂已經遠去，可這
酒盅卻依然光鮮亮麗，流傳回了人間。

既然有人冒著危險來帶走它，就由它走吧！我沒有能力
保護好它，讓它丟失在異國他鄉。這世界上有許許多多的寶

物都在不斷地更換著主人，千年萬代留芳在世，至於誰是它現在的主人，已經不重要。我希望姥爺的那只刻著「乾隆」的銀酒盅能找到一個好人家，被珍藏起來就欣慰了。

那個原本恐懼失落的傍晚，在我們重整家園時，變得輕鬆愉快起來。人生總是在得失中翻新生活。曾經是我姥爺的寶物，現在一定在一個美國人的家中。請他好好保護，在這個世界上，寶物總是被人珍愛，在我家或在他家又有何妨！

# 生日上法庭　趕走吸毒房客

　　坊塔那是個不安分的城市，員警稱它「Motel City」（旅館城市）。據說這裡一半的墨西哥人沒有身分，往返於美墨邊境，他們搬家就像換衣服一樣頻繁。在這裡當房東，要有足夠的定力。為了房客的事，我這些年老是去坊塔那法庭，裡面的工作人員都已經面熟：「你又來啦？」傑森、索非亞‧瑪麗婭會主動跟我打招呼，樓下安檢的黑人員警也會對我微笑問候。我的趕房客經驗與日俱增，還可以常常幫助別人。

　　前一位房客伊麗莎白逃走，屋內留下了一百多個牆洞、門洞，讓我在「洞房」裡度過裝修蜜月，學會補洞、查電路、換水龍頭、修紗窗、油漆等一系列裝修課程，享受著一個個「改天換地」的自豪與喜悅。太平了兩年，今年夏季我又重返法庭，為的是黑人房客詹姆斯失聯和不付房租。詹姆斯夫婦是吸毒的黑人，當初真不應該將房子租給他們的。美國法庭像娘家，法官是父母，無論誰受了委屈，都能在這裡討回公道。否則，我一個小女人怎能鬥得過那麼瘋狂的吸毒房客?!

## 去聯邦法庭過生日

　　經歷了一個多月繁瑣的驅趕房客程序，我終於等到了最後一步──員警來清場。約定時間是上午九點，我在門口癡癡地等了好久，警車也沒到來，倒是看到詹姆斯大大方方地把他的破車退到車庫裡，他太太還出來悠悠地望我一眼，然後回去把車庫門關個嚴實，一點搬家的意思都沒有。

　　我只好打電話到縣警察局。答案是：詹姆斯已經去聯邦法庭申請了破產。按照法律規定，該申請自動中止了房客驅趕程序。我陷入了深深的迷茫。難道房客「破產」應該由我負責提供住所？憑啥讓他們一家繼續免費住我房子？他們已經欠下房租兩千多，我歷盡艱辛兩個月，好不容易拿到驅趕房客的判決書，好不容易看到希望，現在希望又破滅了。看到他們趾高氣昂地在車庫裡進進出出，我卻像賊一樣不敢靠近自己的房子，滿腹委屈。有人說女兒是父親的前世情人，房客就像房東的前世仇人，房子出租後，猶如孩子被綁架。

　　中午從房客那裡離開，心情沉重，不知道他們還會占領多久。詹姆斯的破產申請，猶如當頭一棒打暈了我。我給幾個律師打了電話，律師給出的服務價格很高，一千二到一千八不等。下午我去法庭詢問，法庭文員說沒有接到任何文件，警察局應該繼續執行法庭判決。我又重返縣警察局詢問，一個女員警要我回去等待。這一整天我在法庭、警局、房客之間開車穿梭往返，得到的只是一張小紙片，上面寫著

詹姆斯破產案的案號。

　　第二天是我的生日，一清早我就去法庭過生日了。加州陽光依然燦爛，給我一份生日的溫馨。加滿了油箱直奔河濱縣法院。據說破產法是聯邦法，聯邦法院的程序一旦啟動，可以中止加州法庭的程序。黑人真是自信的美國人，對法律比我們熟悉，我甘拜下風。想起一句國內的俗語：「吃虧在於沒文化」。

　　河濱市是一個有百年歷史的小鎮，有座聯邦法庭大樓坐落在市中心，它像一座羅馬宮殿，白色柱子上還有雕塑，青青草地，正門前飄揚著美國國旗。穿著西裝，打著領帶的人進進出出。這些年遇到不少無賴房客，我走遍了附近大大小小的加州法庭，學到很多法律知識。這次黑人房客詹姆斯強迫我升級走進聯邦法院，看來，我的法律學習遠沒有結束。

　　我走進法院大樓，就問安檢人員，「這裡是破產法庭嗎？」他們告訴我破產法庭在十二街。我開到十二街，果然看到有座大樓，牆上線條清晰寫著「United States Bankruptcy Court（美國破產法院）」。按中國人習俗，「破產」這樣不吉利的字，是不能掛在大門口的，但美國人就沒有這個禁忌。後來我才知道，美國的破產法、移民法、稅法都是聯邦法律。但是，美國的移民法庭從屬於司法部，不是司法意義上的法庭；美國沒有專門的稅法法庭，但卻有專門的破產法院，在聯邦法院系統中自成體系。

　　這座大樓門口寫著「破產」，難怪門可羅雀，像一個倒

閉了的地方。走進樓裡，不見一個人，四處靜悄悄。只有一個八十多歲穿著黑色制服的白人老先生，他的嘴角兩邊刻有幾道很深皺紋，像括號把鼻子嘴巴括起來，給人印象深刻。他的藍眼睛裡目光炯炯，鼻子下一撮濃密的白鬍子一刀剪的整齊，說話的時候像一把刷子上下蠕動。他要我把外套脫了，皮帶解掉，再脫鞋。在機場，我們都是這樣被要求的。但在這空無一人的大樓裡，脫衣寬帶總有點尷尬。他指指一個黑橡皮遮蓋著的洞洞，表示從這裡進去。我把鞋子放了上去，再看周圍都被欄杆擋著，僅此一個入口，我就用手指指自己，再指著黑橡皮洞洞：「我也從這裡進去？」

他沒有笑，一本正經捋了一下小白鬍子，「跟我來！」帶著我走進另一條通道。我才發現黑橡皮洞洞的背後居然還有一個老先生在偷偷地笑我，他面對著一台X光螢幕上所出現的影像正是我的皮鞋！

文書窗口內，一個胖胖的墨西哥女人對我說：「你的文件準備好了嗎？我只接受文件，不做法律諮詢。」

我胸有成竹地說：「律師叫我來的，我要申請免除自動中止的表格。」

「你回去問律師表格的號碼和名稱。我這裡有太多的表格，不能給你一份錯的。」她的態度有些藐視。

回家的路那麼遠，律師又那麼高不可及，我怎能回去？今天必須拿到表格！我對著她微笑：「那麼請你把相關的表格都給我，我回家去填，然後明天拿到法律諮詢處去決定。」微笑是最好的外交，可以化解敵意。

　　她無言，開始默默地在電腦裡搜索……

　　空氣依然尷尬，我環視四周：「這裡好安靜啊！」整個一大廳，四個窗口，兩排電腦，還有幾十張椅子，就只有我們兩個活人，針掉地上也會聽到響聲。

　　過一會兒，列印機「唞嚓唞嚓」響起，滾出來一大堆紙，我拿來翻著：「這裡是幾份表啊？」

　　她說只是一份，希望是正確的。其實，她很清楚就是這張表格，只是給自己一個台階下。敵意釋放後，便是滿滿的熱誠。她告訴我申請費用是一百八十美金。

　　「非常感謝！」窗口裡傳來的每句話、每張紙都是莫大的幫助。今晚，我一定要填好表格，明天一早送來。法庭裡有內部電話，輸入密碼後，就可以直接聯繫法官確定開庭日期，看來並不複雜。

　　這七、八頁表格如同一張高考試卷，密密麻麻都是問答題，而我只會填寫地址、名字。我開車去了河濱市法庭律師援助辦公室，請黑人姑娘迪迪幫我填表。迪迪雖然胖了一些，但還是有張動人的面孔，一雙溫柔的大眼睛，潔白的牙齒，一開口就帶著微笑，她是個溫柔細心的女孩，講話輕聲細語，辦事認真，我相信她。

　　迪迪翻著表格說：「這有些多哦，三十五……，遞交到法庭申請四十……」我以為是三百五十呢，因為以前請她們填一份表格只有兩頁，送交法庭，收費一百二十五。她全部算完後說：「填表，包括送件一共是八十塊。」

　　八十塊？真的？迪迪請我一個小時後回來簽字，明天一

　　早她去破產法庭遞交，然後聯繫開庭時間。我拿出十塊現金給迪迪：「非常感謝你。」這裡其實並不收小費，我是無法表達內心的感激才這樣做的。

　　轉眼已是午後，我輕鬆地坐在夏威夷烤肉店裡，慢悠悠地叫了一份美味烤肉，心裡充滿了對迪迪的感激。

　　一小時後，迪迪已經把表格做好，還加了一份法官的判決書，法庭窗口裡的女人可沒有提到這張表格啊！幸虧迪迪把它補全了。她耐心地與我核對表格的內容，然後詳細地介紹後面的程序。

　　第二天又去見迪迪。她打開那一堆表格，說：「好消息是表格完全正確，遞交成功；壞消息是開庭日期要改到一個月以後。因為，法庭文件需要郵寄給法官，他要花十四天的時間審閱，這就半個月過去了。本月的最後一個星期，聯邦法庭休庭一個星期。下個月六日是最早的開庭日期，我們拿到的就是六月六日。」

　　臨別時，迪迪起身送我，溫柔地對我說：「任何時間你都可以來辦公室找我，我們一起討論你在法庭上的發言。」她希望我告訴她開庭的情況。這讓我想起曾經請一個「著名」白人大律師辦案，打電話都不接，卻還要我付「電話費」二百五十塊。兩者真有天壤之別。

　　歷經一天忙碌奔波之後，終於回到家，門口有一大束盛開的粉紅色鬱金香和康乃馨，上面掛著快遞公司的招牌，打開卡片一看：

「親愛的媽媽，你本事真大！祝你生日快樂！我愛你！」

——你的女兒

這是一個充實又完美的生日！

一個月後開庭！現在就是悠閒的暑假，生活依然充滿陽光。嚮往已久的太浩湖之旅在向我們呼喚，上網訂了機票，明日起飛！

## 從法庭又到了警察局

網上理財高手綠野先生發來重要資訊：加州有新的案例：破產程序不影響驅趕房客判決。我把它列印出來直接送到警察局，要求他們繼續執行加州法庭的判決。警察局說，那個案例只對破產法第十一章的程序適用，而詹姆斯申請的是第七章，警察局還得等聯邦破產法庭的決定。破產竟有那麼多花招？

六月六日，按照中國人的說法是大順的日子。為了迎接它，我連夜加強英語訓練，寫發言稿，翻譯成英文，一遍一遍地核對附件證據，用紅色筆一一勾劃重點……。沉重的壓力令我難以入眠。

清晨，我和朋友雪梨小姐一起來到聯邦破產法庭。我們倆過了安檢，走進了大廳，裡面有三個黑人坐著，我沒有看見詹姆斯，但我們相信他今天一定會來，這是他的案子。

　　十點到了，法庭的門開了，還不見詹姆斯。上次黑人房客派屈克是在開庭中才到達，只要法官還沒叫到名字都不算遲到。

　　我把文件遞交給書記官以示報到。他低頭翻閱著自己手中的文件，輕輕地說：「這個案子已經取消了。」

　　「啊？怎麼回事？」我簡直不敢相信自己的耳朵。這還沒開始呢，詹姆斯說不定等一下就到呢！

　　「因為他的申請材料不充分，案子撤銷了。」他抬起頭來清清楚楚地對我說。

　　這是天大的好消息！我不戰而勝！我們一身輕鬆走出法庭，到窗口去拿「案子撤銷證明」，準備送到警察局。我仔細看那份案件撤銷的決定，日期是五月三十日。為啥不早點通知我呢，這樣我可以免了幾天的連夜英語強化練習。

　　「六六」的日子果然大順，陽光也格外燦爛。我倆驅車開往聖巴拉蒂諾警察局，途經河濱市著名的古堡酒店，我忍不住停了車，帶雪梨小姐順道一遊。這座古堡酒店赫赫有名，有一百多年的歷史，十二位總統曾在此地住過。

　　當我們來到聖巴拉蒂諾的警察局，已經下午一點多。警察局辦事認真，拿過聯邦法庭的結案書，看著日曆，告訴我上門驅趕的日期排到六月二十日。我說上個月已經排過一次隊，是否可以提前一點。雪梨小姐機靈，說：「若有人要求取消，把我們插進去可以吧？」女員警搖搖頭。我也不抱希望，與雪梨小姐一起離開了。

　　吃完一頓墨西哥午餐，我在回家路上。一個電話進來

了。「這裡是警察局，請問你是瀟瀟嗎？」

「又出啥事了！」我的心又揪起來。

「請問你星期五早上有空嗎？很早哦！有人要求取消，我們可以把你的案子插進來。你早上七點半到房客那裡，員警八點到場驅趕。」她的聲音真悅耳！

「什麼？真的啊？」我不敢相信自己的耳朵。雪梨小姐在一邊高興著：「九號早上可以去換鎖了！快點答應啊！」

「當然可以。謝謝！非常感謝啊！」我急忙回應，生怕晚一秒鐘，煮熟的鴨子飛走了！

八日的晚上，我又去我的房子那裡看一下。車庫裡添了一輛新的大卡車，樓上依然燈火通明。明天早上八點，員警就會出現，會發生什麼情況嗎？詹姆斯和他太太都吸毒，還有一個殘障兒子。被驅趕後，他們將去何處？去聯邦破產法庭申請破產保護，需要繳納六七百塊錢，他們為啥不選擇搬家，給自己留一個好的記錄呢？

明天早上，我一定會去現場，希望不要再見到詹姆斯一家。我祈禱明天黎明，他們一家無論在哪裡醒來，都一切平安！


## 別了！詹姆斯先生

我很早就起床，睡眼朦朧把車開出了門。清晨的空氣令人清醒，原來夏日的早晨是那麼美好！唱著老歌《長城長》一路喜悅，趕到現場正好七點半。

　　我停好車，看到百葉窗簾還掛著，表示有人還住在裡面。剛一回頭，見到詹姆斯大大方方地拿著一個垃圾桶走出來。啊！他們還在家？老兄！員警已經在路上！難道他準備和員警硬碰硬？據說員警只給他們十分鐘，拿重要的東西，然後就把被驅逐者掃地出門。那一家子的破傢俱都留在房子裡，怎麼辦？

　　看到黑黝黝的詹姆斯，我是有點害怕了，趕緊走到外面大門口，等待員警。五分鐘後，一輛警車駛進社區。一個胖胖的白人男員警下車對我說：「趕房客對吧？請等一下，還有一個員警會帶著法庭文件來的。」以前趕房客都是一個員警，今天興師動眾來兩個，難道他們知道詹姆斯不好對付，加強了警力？

　　我點點頭，站在一邊等著。一會兒又來一輛警車，車裡有個漂亮的女警。他倆把車開到房子跟前，向我要舊門鑰匙，我遞上鑰匙，很緊張地說：「他們吸毒，我很害怕。」

　　男員警把頭往後面甩甩，對我說：「我看得出來你害怕，你到車上等著吧，我們去。等一下就可以去換鎖。」說著，就摸摸腰上的槍殼轉身走向後院。

　　員警走進院子，開始用力敲門：「我們是員警，開門！」然後聽到開門聲。他們進去了。果然家裡有人！

　　過一會兒，員警出來，對我說：「他們已經搬完，還有一部分傢俱在車庫裡，他們會回來搬。放在你家兩天免費，兩天後要收存儲費，價格你自己定。十五天後，還沒來搬走，就由你處理。」

我還是緊張：「他們搬走了？房子空了嗎？」

他說：「是的，他們把剩下的東西放在車庫裡，隨時會來拿。」

房子空了就好。房客常常遺留東西。存放十五天？我還要幫他看著那些垃圾？收費？他還欠著三個月房租，還有錢來付存儲費？

員警接著說：「你現在可以去換鎖，他們已經從車庫走了，確定安全。我們會在這裡陪你幾分鐘。窗戶上貼了警告，如果他再進這房子，就會被逮捕。」

我回頭看，詹姆斯開著一輛大車正往社區門外轉去。他使盡渾身本事，堅守到最後一刻！

員警又遞給我一張紙：「你的權利都寫在這裡。七百塊以下的，十五天以後你可以自行處理，七百塊以上的，你不可以自行處理，要通知他們。」我看那堆垃圾，連七十塊也不值。十五天？下一個房客怎麼搬進來？真是陰魂不散！

我進屋檢查，空氣混濁夾雜著一種煙味，大麻味道猶存。我檢查一下，沒有故意的破壞，但問題還是不少：門上、牆上的洞，還有兩個馬桶水箱不能運作。兩位員警很Nice，一直陪著我檢查。

我問：「每天有多少家要驅趕啊？」他說：「昨天是四十家，今天不算很忙。在聖巴納迪諾縣，包括奇諾市，一個星期就有一百二十家要驅趕，一個月大約五百多家。」

一個月五百家？我吃驚地望著他。「辛苦你們了！今天那麼早就出來工作，真是辛苦啦！感謝你們！」

他抬頭：「我今天早上四點鐘就出來了。」

「啊！四點鐘就開始趕人了？」。

他笑笑說：「是啊，！不過不會叫你們四點來換鎖的。」

其實，如果讓我黎明四點來換鎖，也心甘情願！感謝美國員警！如果沒有你們，我怎麼能把詹姆斯他們趕出我的家園？

我們華人有著勤儉持家、未雨綢繆的良好習慣。在美國投資買房的人越來越多。租房、修房、趕房客的事情屢見

★員警來了

不鮮。雖然工作辛苦一些，但這些年房價漲得讓人寬慰欣喜。二〇〇九年花五萬多買的房子，現在已經漲到了十八萬。這些年和房客打交道，不僅對社會瞭解得更多了，還學到了法律和英語。此外，修房子、換地板、修水電、紗窗、砍樹，亦文亦武，這樣的大學上哪找去？多姿多彩的生活，多種多樣的工作，還有各種離奇緊張的故事，都是當房東的額外收穫。感謝上天！感謝命運！給了我豐富多彩的人生。

★在這裡學會一個單詞「Bankruptcy」

★在聯邦法院前留影

# 男人是奢侈品

　　總覺得投資房地產不是女人的事，我不小心當上了房東，人生也變得豐富起來。房客搬家，令人頭疼的大事就是清潔地毯。半年裡換了兩家房客，這小小的房子裡，住過十幾個人，還有四隻狗，一隻貓，房子被弄得慘不忍睹。樓上的主臥室裡，曾經是貓狗的樂園。高溫蒸汽洗地毯也無法除臭。兩家房客都是住到最後一刻逃走。連押金都抵了房租。為了不再為洗地毯憂鬱，決定換成地板，一勞永逸。

　　「男人的世界是世界，女人的世界是男人。」當沒有男人的時候，女人也得把世界撐起來，省錢是女人世界裡的大事。我估算一下樓上兩個臥室加樓道的換地板工程，工錢五六百塊少不了。先去「紅地炮」（Home Deport）免費培訓做地板。那段視頻裡一個美女在家裡輕鬆拼裝地板，好像玩遊戲，喇叭裡說著：「女人就可以輕鬆做到……」看著真是容易。自己想動手試試，省點錢。小學二年級船模小組鋼絲鋸的手藝尚存，鋸地板這點小事不在話下。

　　這五百平方尺的地板一共幾百片，搬運地板是男人世界裡的小事，女人世界裡的大事。不過男勞工可以雇用，於是花一百塊，請墨西哥兄弟傑瑞來幫忙。自己當一回苗條女工頭，希望一天就完工。

　　週六起個大早，直奔「紅地炮」買地板和材料；男嘉賓傑瑞分工負責把舊地毯清除出去，切割後從陽台丟下樓去，然後再搬到公共的垃圾箱，這樣又快又省力。「紅地炮」的服務良好，對女士更是周到。除了買地板，還要買一些泡沫塑膠墊，墊在地板下面防震、防水。通常女人週末都是做美容買衣服，我卻對「紅地炮」情有獨鍾，幾乎每個週末都要去報到。工作人員都像老同事一樣，見面就打招呼。

　　有一套專門做地板的工具，十美金左右一盒，再去九九分店買一把橡皮榔頭，工具就齊了。「紅地炮」交錢後，會有健美男士幫你搬貨到車上，所以一個女人就成了力大無比的巨人，買再多、再重也能搬運到家。

　　材料到家，傑瑞下樓來，輕而易舉地把貨卸下。男人此時是全方位的英雄，威風凜凜，女人只要輕聲說謝謝，就能移山填海。如果那幾百片地板全部由我自己搬到樓上，沒等開工，就要開唱《血染的風采》，那歌是這樣唱的：「也許我倒下，再不能起來……」。

　　工頭是導演加演員，我先把海棉墊剪好鋪上，讓傑瑞坐下，就開始教他怎樣拼裝地板，那些地板是半成品，只要把槽卡進去，就自然緊密無縫。做地板的小技巧是拼裝的板條要交錯成工字，不僅漂亮而且堅固，和小時候拼積木一樣，「乒！乒！乒！」很快就能拼成一大片，立刻見到成果。我揮舞著纖細的臂膀，指揮著粗壯的墨西哥男人傑瑞。他算聰明，沒有幾片就上手了。我當導演在樓梯口用電鋸鋸地板，拼裝圖案從腦子裡一片一片飛出，遞給傑瑞，工程進度也是

成本，既然奢侈一回請了勞工，人盡其才是導演的責任。他不停，我也不停……工程進展順利，希望把女人做不了的事，讓男人扛了，剩下的明天就好辦。傑瑞的十六歲的兒子也來湊熱鬧，站在新地板上蹦，這可幫了大忙，有時候卡不進去，那麼一個大胖兒子，用力一蹦，就卡進去了。中午我去買了漢堡包和他們一起共進午餐，三個人坐在新鋪好的那一半地板上吃得很香。

我們合作得很有默契，省時省力，很快主臥室就拼裝完畢。午餐後第二個房間也開了工，不到六個小時我們兩人就完成了拆地毯、搬運地板和大片拼裝，整個工程大功初成。剩下的是門檻和衣櫥裡的溝溝坎坎小片拼裝、釘邊條和門口壓板細工慢活。剛到四點鐘，傑瑞提出要回家了，今天是他老婆生日，家庭要開慶祝會。孩子也等不急要走。大片拼裝已經基本完成，剩下的工作不需要男人。我付了一百塊外加二十五塊給孩子的小費，男人們立刻消失在工地上，留下女工頭在空房子裡繼續作業，計畫著明天的工程：壓條的尺寸，邊條的長度，所需工具……。不知不覺月亮探頭窗前，周圍的家家戶戶已經門戶緊閉，寧靜得像與世隔絕。遠處的狗吠帶來一絲異鄉的惶恐和孤寂，我趕緊逃出了這屬於自己而又陌生的家。

星期天一大早，我趕到羅蘭崗的地板批發店，那裡的地板壓條比「紅地炮」便宜一半。在這個資訊爆炸的世界裡，資訊不僅是時間也是金錢。

今天沒有幫工，全靠自己。陽光把屋子照得一片燦爛，

樓上的兩間臥室已經煥然一新，我愛不釋手摸了又摸這新鋪好的地板，洋洋得意盤腿坐下，心裡美滋滋。一天之前這裡還是摀著鼻子進來的，現在可以席地而坐，好似換了人間！我歡快地哼著小調，一邊用尺量、畫，一邊敲打邊條，那盒釘子和電鑽、榔頭跟著我在地板上跳華爾茲，滑個一圈，一個屋子結束，再滑一圈，又一個屋子完工！時間過得真快，又是黃昏時分，把門口交接的地方用壓條壓上，一個工程完美的結束了！

　　趁著天黑之前，再把衣櫥的門給裝上，陽台的欄杆油漆一遍，一切都那麼輕而易舉，不需要花錢求人，而且馬上享受成功的快樂，令人興奮！人盡其才是豐富的人生，不分男女。傍晚時分，工程澈底結束，我收拾工具，滿心歡喜地靠在門上，瞇縫著眼睛，欣賞自己的作品。換過地板的房間，顯得比以前寬敞亮堂，像新房子一樣舒適，自己都想搬進來住上幾天。這時候，新房客黑人小夥子派屈克在小院子裡敲門，我趕緊跑下去開門，他和女朋友進來看到新地板，一臉的喜悅，立刻簽了兩年的租約。

　　接過新房客簽了字的租約和押金，鬆了一口氣，這意味著兩年不用洗地毯，換地板。這租約像一份解放證書，這兩天的換地板工程辛苦了傑瑞，也辛苦了自己，應該好好地犒勞自己啦！收了工，關上門，兩天勞動的疲勞才慢慢侵襲而來。穿著沾了油漆花斑的牛仔褲，披著清涼如水的月光，開車去羅蘭崗，叫上一條清蒸石斑，大豆苗，烏雞湯，一個人美美地大吃一頓。餐館只招待熱愛美食的人們，不計較人

數。飯後，接著去享受腳底按摩，沒想到按摩師是個男生，他告訴我他之前是做裝修房子的！我抿嘴偷笑，這個世界有時候是會顛倒一下的。生活是自己的，女人的生命中沒有了婚姻，更要珍愛自己，善待自己，享受快樂人生。男人是奢侈品，不是必需品。女人沒有依託時，淋漓盡致地發揮才智也是美麗人生，今晚我睡得格外地香沉。

# 中國小女人告白人大律師

這一天，我真的很愛美國！

在美國流傳一句話：「如果路上有一隻狗被撞倒，會
有很多人去救；如果路上有一個律師被車撞了，沒人會去救
他。」律師的名聲不好，我就遇到過一個貪婪又不負責任的
律師。美國有法律，人人平等，一個不諳英語的中國小女人
就把白人大律師告上了法庭。

一般來說，人在危難中才會去找律師，遇上壞律師如同
遇到趁火打劫的。華人區裡有座醒目的律師樓，樓上拉著一
副紅底白字大標語：「白人大律師史克蘭」。樓下總有華人
閃入。人們以為美國法庭是白人世界，白人面孔律師勝訴機
會多，我也是因為相信白人律師形象而走進了這家律師樓。

登上二樓客廳，一張長圓的黃楊木桌面和兩排雕花高背
椅子很有氣派。「著名白人大律師」坐在那裡，他用生硬的
中文響亮地說：「我們可以幫你的！」給人以沙漠甘泉、馬
到成功的信心。他說完這一句勵志的中文就閃人，接下來換
一個金髮碧眼的白人女律師伊麗莎白和我接洽。她高鼻梁，
一雙藍色的眼睛深陷在眼窩裡，雙唇緊閉，一道彩虹似地劃
過面頰，下巴尖尖如第二個鼻子，這種輪廓分明的面孔很適

合上銀幕。

她說：「先交四千塊錢啟動費，少一分錢我們絕不開工！」語氣很強硬，一顰一蹙酷似羅浮宮裡的維納斯女神。

四千塊是很大一筆數字呢！我猶豫著，但比起一棟房子來說還是很少的。我說先交一半，明天再補齊，伊麗莎白毫不讓步地說：「今晚必須拿到全部現金，明天將是官司過期日，你不戰而敗。」我跑去銀行七拼八湊取出一大把現金重返律師樓。我要釋放壓力，只有打開銀行帳戶，交了錢就可以底氣十足地說：「請跟我的律師去說吧！」沒想到，一個月後就漏了氣。

夜幕降臨，我捧著一堆原始資料送交到律師樓。這才遇到了真正辦事的人──一個越南女實習生。她不像一般越南女孩那樣秀氣，個子矮小，皮膚黝黑眼睛突出。看到她，我很失望，早上明明是威武高大的「白人大律師」，中午變成端莊秀麗的「白人美女」，晚上怎麼變成黑黑胖胖的「越南女實習生」了？實際和廣告差距太大了，難怪有人說：「不要相信廣告」。一天下來老母雞變成鴨。為了找白人律師撐門面，繞一圈怎麼看到的還是「黃色的臉」。她對我說：「你的案子由我來辦理。」我幾乎暈倒！這一天就像輪迴一般，轉一圈回到原地，以貌取人澈底失敗。

一個月過去了，收到律師樓的一封信，拆開一看是一份工工整整的英文帳單。那四千塊已經用得差不多了，花費項目的英文單詞非常專業，需要一個詞一個詞地翻字典，才發現有幾筆電話費要三百塊。我確實撥過幾次電話，但都是接

線生的聲音：「律師不在」。

這官司打得像血崩。「鷸蚌相爭，漁翁得利」。再不止血，我的房子很快將成為律師的財產。於是我用中文寫一張紙條：「請你們停止一切工作。未經我允許請不要做任何事。一月二十日」立刻傳真給了律師樓。

這個月過得平靜，案子擱淺，走一步算一步，到開庭那天再說吧！沒想到第二個月的帳單又悄然無聲地來了：「四千塊已經花完，本月花費兩千多塊……，請付款。」啊！停止工作了還有帳單？真是火災當頭又遇上打劫的，我火速趕去法庭請求撤銷律師。

一個清秀的南美洲女文書麗莎，把一疊文檔遞給我：「這是你的全部案件材料」。

我輕聲問：「你確定以後不會再給我寄帳單了嗎？」一日被蛇咬的心隱隱作痛。

麗莎微笑搖搖頭：「不會了，這裡還有一份表格，如果你對律師的服務不滿意，可以告他的。」

我半信半疑地翻開文件夾，裡面確實有一份告律師的表格。疑惑起來：老百姓告律師？這怎麼可能？這是美國呀！他是白人大律師，我是一個中國小女人，英語、法律知識都與他差的太遠，法庭上還用問誰勝誰負？美國真是一個奇怪的地方，怎麼會有這種表格？也許只是個展示公平的形式而已。誰敢告律師？不是自討苦吃嗎？不過想到那兩千塊，又想碰碰運氣。

我望望麗莎：「真的啊？我填表就可以讓他退還給我律

師費？以前有人贏過嗎？」

麗莎抬起頭認真看著我：「是的，你有兩個選擇，可以請仲裁團判決，或直接上法庭。以前當然有人贏過，你不要擔心，如果你受到不公正的對待，就去爭取一下。」

麗莎的慫恿很有效，既然有這樣的項目，我想親身歷練一下。若沒有遇到這個律師，哪有機會去嘗試？我去！我們辛苦打工省吃儉用，每小時只賺十塊錢，那兩千塊就是鉅款。告他，我也沒啥損失，輸掉也就是兩千塊。再說，告律師這樣的奇遇千載難逢，也許「進」一步海闊天空呢！就算失敗也是人生收穫。人來大千世界走一回，所有的經歷都是珍貴的財富。

我填完表格就交給麗莎。她選擇一個日子，兩個星期以後開庭。

這兩個星期正好是我考公民的準備期，美國憲法、國會、國旗、國歌的知識成為必須熟背的內容，這些內容似乎與我們生活沒有直接的關聯，與我們有關的只是那藍天下到處飄揚的美國國旗，人們常常把它當作照相的背景，告訴朋友們：「我在美國」。

考公民才開始懂得：美國國旗是由十三道紅白條構成，象徵著美國最早建國時的十三個殖民地；五十顆白色小星代表了美國的五十個州。國旗的三種顏色：白色代表自由，紅色代表勇敢，藍色是正義。我想自己很「勇敢」，就想知道「正義」是否真的在那裡。

開庭的日期臨近，我翻開準備好的文檔，找到兩條證據

要求退款：

　　一、他為我填的表格，有多處數字錯誤，例如，三百四
　　　　十寫成三千四百……，還有其他一些問題。

　　二、請他停止工作以後，又繼續開出帳單。

　　我拿著史克蘭填表錯誤的證據和傳真，準備去法庭。

　　那天晚上心情格外緊張，明天我就要和白人大律師面對
面辯論，英語不夠好怎麼辦？連夜打電話去紐約請女兒糾正
英語，一邊練習著單詞發音……。忽然我想到了媒體，請記
者來旁聽吧！一個華裔小女人告白人大律師，這應該算個新
聞吧？說不定尷尬時還可以幫我做翻譯。於是，我撥打了本
地幾家報社電話：「明天我要去和白人大律師開庭，請你們
來旁聽好嗎？」

　　「噢，你不可能贏的，我們沒人會去。」

　　「我們很忙，明天開庭結束時，請你告訴我們結果吧。」

　　有個主編半夜還沒下班，他說：「謝謝你通知我們，
我現在就可以告訴你，你絕對不會贏的！他是美國律師，在
這裡工作二十多年了，同學那麼多，肯定認識很多律師、法
官。怎麼會輸給你呢？」

　　他還接著勸我：「我很佩服你的勇氣！不過勸你一句：
你也不要去了，這種事在台灣、大陸看得多了，美國也一
樣。你什麼關係網也沒有，怎麼會贏呢？別天真了！我們報
社就算有人，也不會派去浪費時間的。」

　　他的話並不能阻擋我，開庭時間都已確定，我怎能缺
席？那太不尊重法官了。無論如何一定要去，就算史克蘭律

師不去，我也要去！邀請記者失敗，意味著明天法庭只有我一個華人。我再把要說的兩句話反覆練習幾遍，不知不覺已經深夜十二點多。雖說輸贏不重要，但從小怯場的我，想到明天要面對陌生的法官、律師，壓力重重，躺在床上徹夜未眠。

第二天清晨陽光燦爛普照大地，我穿上一件乾乾淨淨的天藍色T恤衫和牛仔褲來到法庭。走廊的牆上掛著很多大頭像，個個英俊瀟灑，那是歷代法官的照片，好像好萊塢電影公司的明星照。照片下面還寫著名字和任職年代。法庭的門沒有開，由於緊張過度，我渾身發冷，全身微微顫抖著坐在門口的長凳上。一個高個子的白人女士走進來，她彎下腰望望我，問：「你是來開庭的嗎？」

我點點頭，她又問：「你好嗎？」大概看出我神情緊張。

我抬起頭雙手捂著胸口說：「我很緊張，因為我英語不好。」

她溫和地拍了一下我的肩膀說：「你沒有帶翻譯？沒有關係，我會用簡單的英語來說的，儘量讓你聽明白，不要緊張。」原來她就是今日的主仲裁官。我的心情一下子舒緩很多。既然勇敢地來了，努力過了，其他都已經不重要。如果真像那個報社主編說的，就讓我經歷一次失敗也行！

那扇法庭大門打開了，裡面坐著五個白人律師，他們是今日的仲裁官。那個白人大律師沒有來，伊麗莎白出現了！她穿一套高貴的米色西裝長套裙，金色的長髮捲著柔和的波浪披覆在肩上。她的衣著高雅端莊，我的牛仔褲和T恤衫和

她相形見絀。我們面對面坐著。

　　女仲裁官向我點一下頭示意：「請說」。五個仲裁官都靜靜地看著我。我又開始緊張，就低頭輕輕地說：「我很緊張，英語說不好。」說出去後，心裡反而輕鬆一些。然後我拿出那份錯誤百出的表格：「他們帳單不合理，就填這一份表格收費四千多，這份表格填寫計算也是錯誤的，三百四十塊，寫成三千四百塊，這表格根本就不能用的。而外面法律服務處填這份表格只需要五百塊。」

　　那個主仲裁官舉起手向上撥一下，像老師鼓勵學生一樣：「你的英語很好，我都聽懂了，請繼續！」

　　她這樣一個小小動作給我莫大鼓勵，我站起來拿起那份傳真：「一月底我發傳真給他們，請他們停止工作，他們還繼續給我寄帳單，說又花費了兩千多塊要我支付。我也不知道他們做了什麼工作，寫的帳單都是很難懂的單詞，我覺得這兩千塊我不應該付。」

　　說著說著，我忘記自己說到哪裡了，生怕他們不相信，我就拿出那張「請停止一切工作」的傳真，攤開送給身邊那個留著小鬍子的白人律師，說：「你看嘛！這就是我寫的傳真，日期是一月底，對吧？」

　　他把頭伸過來，推一下快要掉下來的眼鏡，笑起來：「這是中文呀！我怎麼看得懂？我不懂中文的。」全體人員都笑了，我緊張得暈了頭，居然把中文傳真給他看。主仲裁官示意遞給她，我才把那張紙舉起，傳送給了主仲裁官。

　　她還讓我繼續，我說：「四千塊填一份表太貴了，至少

後來那兩千塊與我無關，我要求他們免去那兩千塊，退回多收的錢。謝謝！」

女仲裁官聽完我的發言，示意讓我坐下。轉身向美女律師伊麗莎白抬一下手：「你可以開始了。」

伊麗莎白與以往不同，她用非常優雅溫柔的語調說：「我們已經為她做了很多很多，她打很多電話來跟我們說這個那個都是要錢，還有……」她手裡拿著一份發言稿，慢條斯理地念著，大部分我聽不懂。天哪！我什麼時候和她們通過電話？沒有想到一個華麗高雅的律師竟在仲裁庭上說謊話！可我不能打斷她的話，只好憤怒地搖搖頭。

一個電話沒打通收費二百五十塊，那四千塊的帳單容易做，但後來乾脆不打電話，也能做出帳單二千塊！這原本是「原告」和「被告」打的官司，現在變成我和自己律師打上了官司，這不是雪上加霜嗎？！

她在那裡眉飛色舞地繼續說著，卻始終不敢正視我一眼，我雙目直視著她，卻無法表達，真是很憋氣。

當她講完，高高在上的女仲裁官站了起來，目光友善地望我一眼，宣佈：「現在休庭。判決書將會在十天之內寄到你們雙方手中。」

我糊裡糊塗地走出了法庭，如釋重負卻找不到出去的道口了。原來仲裁就是這樣的啊？那五個大律師都是「白人大律師」，他們是不是同學？反正今天想說的都說了，什麼結果都願意接受，是輸是贏十天之後就會揭曉。

第三天，我收到一只黃色的信封，它來自法庭。我心跳

得厲害，捧在胸前閉上眼睛安靜幾秒鐘，然後一點一點輕輕撕開，裡面一張很簡單的紙條，上面寫著：仲裁決定如下：瀟瀟不用支付史克蘭律師的兩千塊錢帳單，史克蘭律師樓還應該退回不合理的收費一千四百五十塊。

啊！啊！啊！我高高地舉起這張紙跳了起來。內心充滿了感動和感激！美國真好！真是一個神奇的地方！我一個外國小女人語言不通，沒錢，沒關係網，在這陌生的國度裡，也能戰勝「白人大律師」。這種奇跡真的發生在面前，美國真的太偉大了！

我拿起電話撥給那個報社主編：「你知道嗎？我贏了！我真的從內心感謝美國！美國真好！今天我真的領會了美國國旗上三種顏色的意義：紅色勇敢，白色自由，藍色正義。它們不僅僅是國旗的顏色，而是勇敢、自由、公正真正的落實在這塊土地的每個人身上。經歷這場官司，讓我真心熱愛美國。在這片土地上的每一個人都享受到自由公正，真是太美好了！……」我語無倫次地說著，那個主編也興奮起來，大聲說：「你寫！你寫下來這段話，我馬上給你發表！」

我沒有寫，只是逢人就說：美國確實是個平等公正的地方，生活在這裡的人不用受委屈，這裡有法律，人人平等。無論你多麼弱小，在這裡沒有人敢欺負你，只要你勇敢，正義就在那裡向你微笑。法律那座高高的天平，就是社會安全的保障。

兩個月過去了，我一直沒收到史克蘭的退款，有人建議打電話去律師公會。我詢問公會：「我收到判決書已經兩個

月，多久才能收到退款呢？」

電話那頭一位先生的聲音很驚訝：「啊！這麼久還沒退錢給你啊！你今天就去向他們要，如果一個星期再收不到支票，你告訴我們，我們將吊銷他的律師執照。」

啊?!我又激動又驚訝！吊銷執照？誰敢抵抗仲裁判決？判決書就是命令，是不可違抗的天書！這是真的嗎?!

我拿起手機撥了那個史克蘭大律師的電話號碼，今天不用再擔憂他們做千塊帳單，我說：「請你們把判決書規定的一千四百五十塊錢退還給我。」

伊麗莎白猶豫了一會兒，說：「噢，我們已經寄給你了，你還沒收到啊？」顯然是謊話。她接著說：「我們可以查一下，再給你寄一張吧。」

我說：「不麻煩您了，我自己過去拿吧。免得你們再寄丟了！」於是，立刻更衣下樓，踩上油門飛馳而去⋯⋯。

一路上，我想起那天仲裁法庭上五個白人大律師，想起律師工會電話中那個堅定的聲音：「⋯⋯我們將吊銷他的執照！」美國有那麼好的司法制度，猶如加州燦爛的陽光，讓人們心情舒暢。我想說：「如果路上有個律師被車撞了，一定還是會有人去救的。」

# 加州老人院裡的啃美族

　　以前中國老人不願意來美國，由於語言不通，孤獨寂寞，住在兒女家如監獄。如今老人在美國，每天打麻將，唱歌跳舞，旅遊、聚餐熱鬧著呢！人們說美國是「好山好水好寂寞」，中國是「好吃好喝好無聊」。近年來中國老人突然大量湧入美國，幾乎占滿南加州的老人公寓。他們來自五湖四海，為了一個共同的革命目標走到一起了——享受美國福利。

　　中國有個《老年權益保護法》：「老年人養老主要依靠家庭」子女必須提供住房，不贍養、不探望老人就是違法行為……。一條一條規定得很清楚，不得違反。中國老人是全世界最受「法律條文保護」的幸福老人。法律載明了：撫養老人屬於下一代的責任。這盡善盡美的法律條文給老人帶來極大的安慰。這些《老人法》就像「老人大學」的文憑一樣，好看不好用。在中國，從來沒有因違反《老人法》而遭起訴的案例。美國沒有《老人法》，人人平等，老人由國家負責。每個人都是獨立的。勤勞勇敢的中國人民，只要不花兒女的錢，再寂寞也值！老人們高高興興來美國「發揮餘熱」了，遺產可以提前分掉，反正有強大的美國政府幫助，老而無憂。

　　美國老人公寓是專門為低收入的老人而設，是美國老人的福利。公寓內設備齊全，如同五星級酒店，還可以申請一

定的經濟資助。加州老人公寓的收費是收入的三分之一。中國老人來美國，銀行裡存款不超過二千塊，就可以申請美國政府補助金。這些中國老人在中國都是人上人、富人；到了美國就成了困難戶、貧民。

在洛杉磯的老人公寓，獨立套房每月只要七十五塊至二百五十塊，還有鐘點工免費幫著打掃衛生、燒飯、洗衣。在廚房，臥室和衛生間都配有緊急救護按鈕。突發病倒時，救護人員馬上就到，全是免費服務。老人公寓的建造必須靠近醫院，靠近超市，為了保障老人的生活和醫療的方便。公寓的裝修都設計周全，建築不僅方便還非常美觀，條件不比五星級酒店差。

每層樓都有一個大客廳，裡面有大沙發、電視，書架和鋼琴。誰家來人就可以在客廳裡聚。可惜兒女們的家的客廳比這裡還大，沒人稀罕。這裡的客廳就成了路過的風景。大樓裡有電梯，每個樓層都還有洗衣房。洗衣房寬敞明亮，健身房二十四小時開放。跑步機，乒乓球桌，只要想玩，隨時可去。電腦房裡免費上網，還提供列印機的油墨。住在這裡不用擔心帳單，不用操心兒女，所有的時間都可用於尋找快樂。

這裡有一百戶人家，八十戶是中國人。那些娛樂設備無人問津，最受青睞的是樓下院子裡的自留地。中國人喜歡耕作，於是那些花壇很快就被瓜分了，兩家一壇，有的還劃上領土分割的三八線，不可逾越。花壇裡的番茄、黃瓜、韭菜、大蔥，什麼都有，但每一根蔥都是有主人的。加州的陽光是萬物生長的最佳養料，只要播種，必有收穫。儘管收成

不錯，但畢竟是異國他鄉，沒有兒女在身邊，沒有老鄰居，老同事交往，老人寂寞孤獨的思鄉之情依然難以抹去。

在老人公寓的門口常常停著奔馳、寶馬。中國兒女不忘字典裡還有「孝順」二字，拜訪父母是美德，他們開豪華車給父母送面子來了。在美國，不贍養父母不犯法。蔡媽媽的兩個女兒，一個律師，一個外科醫生，住在比佛利山莊的豪宅裡；張伯伯的兒子做生意發了財，自己住豪宅，還擁有五棟房產；張老師的兒子開電腦公司，女兒是牙科醫生；沈爺爺的女兒嫁給美國富商，住在新港海邊的百萬豪宅裡……。兒女們個個有出息，進入美國上層社會。老人們常常互相比較，為自己的兒女們自豪。回國也常常擺顯自己在美國老人公寓裡的幸福。

兒女提前為老人申請好老人公寓，把剛下飛機的父母直接送進公寓，讓美國政府供養起來，免了「婆媳爭鬥」的家庭麻煩，省錢省事。在這裡，「國語」就是第一語言，英語已被淘汰。國際象棋已經被麻將牌取代，走廊裡飄著王媽媽做的韭菜盒子香；李叔叔的醃篤鮮；還有吳家的麻辣火鍋……。都說「中國是老人的天堂」，美國是「老人的地獄」，但在這裡和樂融融，中國老人把「美國地獄」改造成了「中國天堂」。

儘管中國現在自稱「大國崛起」，已經全面「超越美國」，可無論是富人還是窮人，依然努力往衰敗中的帝國主義國家跑。老鄧有句名言：「不管白貓黑貓，只要捉住老鼠就是好貓！」中國全民活學活用，推向世界。只要有好處可

撈，大家都會不擇手段地去撈取。從「月子中心」到「老人公寓」我們要當美國人的媽媽，又要讓美國人孝順我們的媽媽。我們中國父母，省吃儉用養兒育女，到老了毫無保留把財產都留給了兒女，自己一身輕鬆來美國享受「地獄」裡的優厚福利。讓啃老族啃完了父母，再讓父母去啃美國福利。我們努力把孩子送出國學習，畢業了把美國高科技機密竊回祖國，我們中國人是何等地愛國！嚇得老美如驚弓之鳥，處處設防，間諜案，洩密案紛至沓來……。而大家的老父母還得由美國政府孝順著。指日可待十三億人民一起努力，不用戰爭就能把美國打垮。

美國政府已經發現危機，開始橫掃「月子中心」，當美國人的媽的門被堵，而孝順我們父母的「老人公寓」依然興旺發達。我們中國人長期與政策周旋，「上有政策，下有對策」這套絕技也用到了美國。只要用心，任何難題總能迎刃而解。現在要入住美國老人公寓，據說要排隊十年。照此下去，我們年紀輕輕就要開始申請老人公寓，要不然還沒排到老人公寓就先去了墓地。說不定美國再出爐一個《老人法》把我們的父母都趕出「地獄」送回「天堂」。

看到一群一群的老人從中國大陸搬進美國老人公寓，看到一個一個抱著嬰兒的中國媽媽在中國領事館辦簽證，不禁為人類未來憂心起來：這樣下去，美國經過了幾百年建立的人人自由平等精神將受到影響。如同英國文學家多利斯．萊辛說的：「人類的進步非常緩慢，常常是進一步，退三步。」美國的普世價值在如此衝擊下，還能堅持多久？

★每個樓層的洗衣房　　★孝順兒子來了

# 法庭激辯　打敗專業房客

　　二〇一一年我在波蒙娜市買下一棟獨立屋，三房兩浴，前院後院寬敞。買下它時，它破破爛爛，千瘡百孔。拿到鑰匙，我就找來墨西哥工人胡安，我們一起換門、刷牆、修水管、做紗窗，汗流浹背裝修房子兩個月，讓這棟房子煥然一新。前院草地青青，臨街那棵高大的紅楓樹，樹幹挺拔枝葉茂盛，正是秋冬楓葉泛紅，屋前草綠樹紅藍天白雲，令人心曠神怡。

　　招租廣告掛出不久，來了一個名叫瑞恰的房客。他光亮亮的頭在陽光下冒著油，眼珠轉得很快，有點像電影中的黑社會老大。他帶來一個女人叫百蘭卡，說是她的妹妹，他們倆要合租。瑞恰拿不出信用資料，而百蘭卡有一份政府工作，又有房產，信用尚好，於是他們聯名簽了租約。瑞恰總是很自信，拍著胸脯對我說：「你放心！我會準時交房租，以前我的工作就是修房子的，有什麼問題我都能搞定！」我聽了很安心。卻不知這是掉進了一個陷阱。

　　瑞恰馬上搬了進來，百蘭卡卻再也沒有出現過，電話也不接。第二個月，瑞恰給我一張支票，我不小心弄丟了，請他再開一張，原先那張作廢。瑞恰僥倖地笑著，斬釘截鐵地說：「No！我給過你了！」第三個月，瑞恰仍然不付房

租，我只好去法庭申請驅趕房客。

我發覺瑞恰原來是一個「專業房客」。「專業房客」就是靠搬家混日子的人。他們賴房租，敲詐房東，還有豐富的被驅趕的經驗。他們靠欺騙入住後，與房東在法庭周旋，免費住上半年，接著再換一家。誰遇上了他們都是一場災難。於是我們在帕莎迪納法庭展開了一場空前激烈的驅趕與死賴的戰鬥。

四月初由於《三天通知書》送達不慎，被瑞恰鑽了空子，我在法庭敗訴，一切又重新開始。瑞恰耍了許多花招，導致我一次次地驅趕失敗。讓我對這帕莎迪納法庭產生了嚴重的心理障礙。每次打電話去詢問，都是壞結果：不是瑞恰又回應了，就是法官怪判。以致我不想再聽到法庭的任何消息。

這場驅趕房客的案子，搞了四個多月還沒結果。六月三日又重新開庭，因法官有事先走一步而休庭改期，大家又統統回家！而這是半年來唯一沒有被打回來的一次，只要不被法官當場否決，就算是好消息。

兩天後，我終於又有了講話機會，希望這是和瑞恰最後一次在法庭見面，他花招很多，兇悍野蠻到了登峰造極的地步。我真的怕他，我有生以來第一次接觸到這種人！

帕莎迪納法庭是一棟古老的建築，這半年我來了無數次，算是熟門熟路，可是我卻完全不記得它的長相和進出門在哪裡。每次都像個機器人一樣，準確準時地直接走到樓上那一間驅趕房客的法庭。走廊外總是聚集著很多人，房東、房客和律師們在最後一刻還要討論，法庭外熙熙攘攘。我走

到電梯的另一邊，等待我的律師安德魯斯到來。安德魯斯是一個白人，高個子也是光頭，沖著他是光頭，我也信心倍增，這回法庭上將是兩個光頭的對峙。

一個穿著小碎花連衣裙的華裔女士坐到我的身邊，她微笑著，拿著手機在聊天：「我剛才看到他了，現在又不見了。」

我們都是華裔，就感到幾分親切。她叫安娜，是一個非常精明的女房東，在美國念過書，有好幾個學歷，她已經擁有一百二十多個房客，南加州的法庭也去過無數次。她說今天要趕的房客不見了。手裡還有七個案子等待開庭，她也需要一個律師，我告訴她安德魯斯不錯。我們一起進去法庭聽證，她的房客沒有到庭，案子很快就結束了。她走到我身邊說：「我陪著你！」我非常感動和安慰。

安德魯斯來了，直接跟我說：「你還是放棄一切，讓他滾就好，行嗎？」看來他也沒有把握，只想簡單再簡單，其實也是為我好。

「他不一定會同意啊，再說我們全部讓步，法官會認為我是心虛嗎？」我擔心。安德魯斯說：「我們讓步，就讓法官給瑞恰施壓，請他快走。」

三點鐘輪到我們走上法庭對簿公堂。瑞恰帶著老婆和兩個未成年的兒女，還撐著一根拐杖一拐一拐，十分艱難的樣子走了進來。而我看到他平日身強力壯，搬著紙灰牆板都行走自如的，在法庭第一次看到他撐拐杖，我非常吃驚。我們一起走到審判席，他居然要求工作人員給他一張椅子坐下。

安德魯斯首先開口：「我努力做了調解。我的代理人同意讓步和解，但被告提出要求過分，無法繼續下去。」

法官讚賞地笑了一下：「我知道你努力調解，謝謝你！如果調解沒有結果，不要面對著我說。」

安德魯斯一個正步向右轉，面對著牆壁，抬著頭大聲說：「好，不面對著你，那麼我就面對著牆說好了。」他的個子很高，我笑了起來，他的幽默把氣氛弄得輕鬆很多。

法官笑得很大聲，然後走過去給自己倒了一杯水，揮揮手：「再給你們十分鐘去調解好了，等一下回來。」

於是我們又再次回到法庭門外，我知道是不會有結果的。瑞恰一出門，就瞪著眼睛威脅律師：「我有很壞的信用，我也沒錢，如果你們不答應給我兩千塊錢，和兩個月免費住，我就再申請破產，你們更加麻煩，我又可以再多住幾個月！」

我氣得心跳加速，真希望變成個強壯男人給他一拳頭！我說：「你為什麼住在我家？請你搬出去！」

他得意的把眉毛一揚，對著律師說：「你看，這個女人根本不能商量的。」

安德魯斯做個手勢安撫我，然後對瑞恰說：「給你兩千塊，再住三個星期可以嗎？」

「不行！一定要兩個月，我是殘障人呀！要找人幫我搬家吧？」他那副無賴的嘴臉讓人又恨又噁心！

安德魯斯又回來問我同意與否，我堅決不同意：「NO！不可能，我一分錢也不會給他！他必須搬走。」

　　瑞恰「呼」一聲站了起來，用拐棍戳戳地板，咬牙切齒地說：「那麼我們就上法庭，讓法官來判好了！」轉身就進了法庭。

　　安德魯斯的信心也好像被挫傷，他無奈的望著我：「你說怎麼辦好？你怎麼說，我就怎麼做。」我決定進去法庭辯論，請法官來判。我不相信法官會判他再住兩個月，還要我給他兩千塊的結果。沒有比這更糟糕的了。如果法官這樣判，我也接受了，這就是美國！

　　我們是法庭上的最後一對冤家。安德魯斯把調解結果報告給法官：「被告要求退回押金兩千塊錢，再住兩個月，我的當事人沒有同意。」

　　法官就問瑞恰：「你為什麼要兩個月呢？兩個星期就可以搬家了，如果判了，員警只給你一個星期呀！」

　　「我是殘障人，沒有能力搬家呀！需要時間找人幫助搬家。」瑞恰雙手按著拐杖，好像很柔弱的樣子。

　　法官翻閱著文件繼續問：「這合約上還寫著律師費，安德魯斯，你的律師費是多少？算出來了嗎？」安德魯斯說工作了三天，還沒算出來。

　　法官又問瑞恰：「你有合約嗎？」

　　瑞恰馬上把手裡拿著的合約藏到一疊紙下面說：「我們沒有合約的。她沒有給過我。」他的反應真是快。

　　法官指著合約上的簽字，請他解釋。瑞恰隨口編故事：「她只給我最後一張紙，讓我簽字，前面的幾頁沒有給我。」

　　律師問話了：「你收到過合約嗎？」

「沒有，我只在最後一張紙上簽字，她說要拿回去修改，電腦打字。」他的謊言一向順溜。

「這字是你簽的嗎？」律師問。

他支支吾吾，不再否定。

律師回過頭來問我：「你們有合約嗎？」

我說：「有，我複印兩份交給他們，他們簽字後交給我一份，還有一份他們自己留存。」

「你有說過要修改合同嗎？」律師問。

「NO！」我答。

律師：「他要求過你修改合同嗎？」

「NO！」我搖搖頭。

瑞恰又開始胡說了：「這個房子根本就不能住人，城管大衛說的……。」

律師最擔心這一點，正是由於城管建築部門的人亂開「危險房警告」，造成現在驅趕房客的混亂。我忍不住舉起了手，我要發言！

法官納悶地望我一眼，又看看安德魯斯，好像在說：「你有律師代表，你就不可以再發言了。」

安德魯斯律師也望著我，說：「法官大人，她要說，就讓她說吧！」其實他也不知道我要說什麼。

法官把手一揮，做了一個允許的手勢。

我就把所有的委屈和憤怒都宣洩出來：「我去年底買了這個房子，什麼問題也沒有，我自己辛苦裝修了兩個月，刷牆，刷地，換廚櫃，請看照片。」我手裡拿著一堆照片，一

張一張地出示給他看。

「瑞恰和一個女人叫百蘭卡來了，說他們是兄妹，要合租，百蘭卡拿著信用記錄來騙我，租了這房子，百蘭卡就不見了。瑞恰只付了一個月的房租，就不再付房租了。二月房租的支票遺失了，您說是他欠我錢，不能做驅趕。三月我再來，他說他沒有收到《三天通知書》，您又要我重新來過。」我先把前面的狀況匯報一遍，以喚起法官的回憶。

法官望著我，靜靜地聽，我繼續說：「每個月我要付貸款，還有地稅。房子買來時，經紀人都做過檢查，房屋狀況良好。我想銀行是不會貸款給我買一個『就要倒下來的房子』的。房客已經四個月沒有交房租，驅趕房客開庭三次，我每天壓力極大，寢食不安，憂慮過度都生病了。我去收房租，他們不付房租還用髒話罵我，威脅我說要找城市建築管理部門來查房子、告我。

每次去見到他，我都非常恐懼。我看到那張《紅色警告》，想進去檢查、修理房子，他們不讓我進去。瑞恰對我說：「你要是到法庭，我就又可以免費再住六個月！」現在已經六個月了，他們還沒有搬走，我已經無法承受下去，今天無論如何，請求法官您一定要給我一個結論：他們必須搬出去。這是我的房子，我要收回我的房子！」我越說越氣憤，聲調很高，不可抗拒的請願。

法官望著我，仔細聽我講述，氣氛似乎也隨之嚴肅起來。我的話音一落，他就莊嚴宣佈：「好！現在開始審理！」

安德魯斯將《三天通知書》的照片和員警送件的簽字，

跟我一一核實。我作證說，我先將《三天通知書》貼在門
上，後來又將另一份拷貝塞進信箱口。瑞恰又編故事：「她
晚上九點來我家砸門砸窗，把我兒子嚇哭了，我們都報警
過。」法官不理他的故事，問我：「你知道《三天通知書》
是可以貼在門上的，對吧？」

「是，我知道，我去送《三天通知書》，貼在門上了。」
我說。

「那麼員警是怎麼回事？」法官問。

我告訴法官：「上次我將《三天通知書》貼在門上，瑞
恰在法庭說他沒有收到。所以，這次我要百分之百地確定他
有收到。我去貼通知，敲門他不開，我回到車裡，不到兩分
鐘，看到一輛警車來了。我很高興，就請員警幫我去送《三
天通知書》。員警敲門，我看見他開門了，員警當場遞交給
他的，還簽了送件的證明。」

法官無言。瑞恰想重演《三天通知書》的故伎，這次也
玩不轉了。瑞恰把安德魯斯律師叫到一邊嘀咕。律師回來跟
我說：「他說只要給他一千八百塊，三個星期他就搬走。你
同意嗎？」

「NO！」事到如今，還有什麼好商量的？我絕不妥協！

最後，瑞恰搬出了他的殺手鐧：《紅色警告》。他說，
這是城管給的，證明這房子不能住人。他反覆提到大衛，那
個城管檢查員。同時，他又拿出一張黃色的《再次檢查報
告》。這也是城管貼的，日期是五月二十一日，張貼人仍然
是大衛！

　　這個大衛忙著一次一次地做房屋檢查。而我卻不能進房子檢查，也從來沒有收到過城管發來的任何信件和報告！

　　律師又問瑞恰：「你以前見過大衛嗎？」

　　「沒有，沒有。」瑞恰否認。

　　律師：「他到房子裡面來的嗎？」

　　「來過。」

　　律師又來問我：「你去找過大衛嗎？」

　　「我去過三次，城管都說他請病假，不在。我始終沒有見到他，也沒有收到過城管的任何檢查報告。他們不給我。」

　　律師轉向法官說：「這個大衛，也許是城管部門一個員工，沒有報告，沒有執照，他貼的這張《紅色警告》是不能作為證據的！」這話是我最想說的，安德魯斯說到了重點！

　　法官低頭自言自語：「城管貼的紙還是要相信的……。」

　　律師又大聲說：「那只是一個涼亭！不是主要建築，並不影響住房。就算這個涼亭有問題，也不等於這個房子就沒有價值了，只要這個房子有它的價值，就沒有理由不付房租！」這也是很重要的一條，我感激安德魯斯，他的智慧和勇敢，讓我敬佩。這些話我是絕對講不出來的。

　　我們還為修理房子、通知和照片討論著，轉眼已是下午五點，祕書小姐和員警要關門了。法官要求我們把所有的文件和照片都交給他，並宣佈庭審結束，他會將判決寄給雙方。

　　那個素不相識的安娜就一直陪著我。出門後，我們又聊

了好久。安德魯斯也參加了我們的閑聊。他告訴我們，南加州的壞房客越來越多，還互相學習如何「鬥地主」，甚至把孩子也帶到法庭來實習。我給他寫了支票，還主動加了一百元。他今天很棒，我們配合得很好。無論判決結果如何，我都感激他，因為他盡力了。

法官今天很辛苦，這場法庭辯論了整整兩個小時，他回去還要看那麼多文件做出判決。想到他下午在審判席上，自己彎腰走到桌子邊，拿保溫瓶倒了一杯水喝，我是充滿敬意的。這是個美國大法官哪！身體不佳堅持開庭一整天，連一杯水也沒有人幫忙他準備。美國真是人人平等。

晚上回到羅蘭崗，去吃蔥烤鯽魚，好幾天沒有那麼輕鬆，終於可以睡個好覺了。我想我大概再也不用去法庭面對瑞恰了，回家等待法官的判決，員警應該很快就會去請他們離開，收復領地的日子不遠了。我突然想到，今天兩個多小時的法庭辯論，我居然英語說得很順暢，沒有什麼語言障礙啊！人在危機的時候，往往會發揮出最大的潛能，真是一大收穫，法庭是個好學校，勝過讀幾年的書。

三天以後，我收到了來自帕莎迪納法院的信，裡面是大法官寫的判決書，洋洋灑灑六張紙。我迫不及待地翻到最後一頁，上面寫著：「房客瑞恰必須從房主的獨立屋中搬出去。」我這幾個月收到的都是判我敗訴的通知，今天法官真的命令他走了嗎？我反覆讀了三遍，又查字典來確認。那句話真的是「搬出去。」我深深地喘了一口氣，天真的亮了！一場惡夢終於結束了。

★貼在門上的《二天通知書》，瑞恰說被風吹走了。

★在法庭裡，靜候法官的到來。

★遞交法庭文件的窗口，總是門庭若市。

★法庭門外陽光燦爛，我和瑞恰在這個地方鬥爭了半年。

# 小偷，員警，樓管
# 和上海七浦路的魅力

繼聞名於世的上海襄陽路假冒名牌市場被消滅之後，七浦路商品批發市場就接替了它的風采，也是我們去上海時最受青睞的消費之地。貨物齊全，時尚風行，大到皮衣，小到鎖鏈，應有盡有，而且質量也大大提高，但價格還是很神祕。每次成交一筆生意，都要與賣方激烈的鬥智鬥勇。沒有足夠的智慧和勇氣，在那裡是無法生存的。去七浦路小商品市場，只要你努力，一定能在那裡殺價殺出意外和驚喜。

可是，今年（二〇一〇年）不幸在七浦路卻意外遭到了重創。

梅早我三天到上海過年，迫不及待地獨闖七浦路。下了出租車，馬路對面就是商場，僅僅不到兩分鐘的時間，早上剛從銀行裡取出的一千五百元人民幣和隨身的八十美元，分文未少瞬間就換了主人。貨幣流通的如此之快，美國人怎麼能不向中國人借錢呢！

梅只記得有個捲髮男孩在身後閃過，她把背包從後面轉到前面兩次，就在那幾秒鐘的瞬間，錢包不翼而飛。

假冒名牌在襄陽路被取締後，就轉移到了地下。一些人拿著廣告，和「便衣員警們」一起公開站在街上，引導遊客去隱密處購買假冒名牌貨的領路人叫「導購」。就像以前的

打樁模子。

　　一個女導購，繪聲繪色地告訴梅：小偷是一個約八、九歲的維吾爾族捲髮小男孩。幾個壯男壯女成年導購站在那裡，眼睜睜看著一個兒童偷竊，卻不予制止，梅無法理解。

　　導購說：「誰敢哪！等你走了，他們會拿刀來捅我的。」因為他們有「民族政策」保護，上海法律管不了他們。當地員警和他們很熟，勾肩搭背，形同手足。

　　梅一氣之下說：「你們誰把錢包追回來，給你一半！」那個女人立刻像子彈一樣衝了出去。重賞之下必有勇夫！此時她願意冒著被捅刀的危險了。

　　梅感到無助和憤怒，撥了110。員警來了，做了筆錄就走了。沒有買「錢包保險」，這筆錄僅是一頁廢紙。

　　導購們熱心介紹就在身邊的「便衣員警」，一個五十多歲的男人，戴著一副深度近視眼鏡，穿著富貴體面，導購和小偷都和他很熟。又不是在敵占區後方，不知他為什麼要穿著「便衣」？也許是發揮餘熱的退休員警。他看了梅一眼，輕描淡寫地說：「我可以試試，不過他們也不一定聽我的。」曾幾何時，社會平等到小偷可以不聽員警的，真令人瞠目結舌！

　　那個高大的便衣員警，果然很快就找到那個捲毛小男孩的父親，拍拍他的肩膀和顏悅色地說：「你家老二幹的，錢，你們就留下了，證件嘛，還是還給人家。」不知道是哪國的法律，偷的錢可以不交出來！既然是員警叔叔允許的，為什麼不留下呢？那個藍眼睛的小男孩當然不願意交出贓

物，此案就結了。

梅還不想放棄，那是她在美國辛苦工作得來的血汗錢，又不是不義之財。她跟著員警，希望他還能討回一點點公道。可沒想到那個對小偷像春天般溫暖的員警，對梅卻像嚴冬一樣無情。走了幾步，看到梅跟在後面，回頭怒氣沖天地大吼：「跟著我幹什麼！我也沒有辦法的！」原來在此地，員警對小偷是沒有辦法的。然後他隨手一指路邊幾片藍色的瓦楞牆：「去那裡看看！那裡都是錢包，看看你的錢包是否已經丟到那裡！」

梅順著他的手指走去，那圍牆裡面，果然滿地都是被偷的形形色色的錢包。原來員警對錢包的下落瞭若指掌！既然如此為什麼不從贓款中提個成，同時弄個玻璃櫥櫃，讓失主一目了然？

七浦路樓上樓下幾百家商販，每天進出客人上萬。平均每天有五十起失竊報警，除了不報警的，按照周立波《一周秀》裡計算的名牌產品報廢率來算，還是可以敲敲「平安無事」的鑼。員警先生們已經習以為常，和這些盜賊同進共出享受日月，誰會為你們這些過客得罪常客呢！一邊是小老百姓的錢包，一邊是國家的「民族政策」，選擇國家利益至上是名正言順的。

長駐街頭的導購們，吞著口水，用羨慕的口吻說：「這家塔里木做到大生意了！他們老闆早就發了，開的是法拉利跑車。」本地導購們恨不能也參與這加速致富的行業，感嘆沒有民族政策保護。

　　上海人小心謹慎，事發之後才紛紛出來議論：「新疆人就可以這樣，政府也沒有辦法，他們有民族政策保護。」

　　「錢被偷了不算什麼，沒有用刀子捅你，就算幸運的了。」

　　「上次有一個人被偷了兩千元，還被刀子捅了，員警也沒有辦法。」

　　「新疆人隨身攜帶匕首的，他們就算被抓進去，沒幾天就放出來了。因為有民族政策，怕他們鬧暴動。」員警怕小偷鬧暴動？那麼員警為什麼不先搞搞暴動，讓小偷們也怕一怕呢？

　　大家都說梅為今天的幸運兒！因為沒有被刀子捅，還可以活下去。「破財消災」如同新年的賀詞「恭喜發財」，變成此地維持和諧社會的祝福詞。員警就靠它在此地維護治安。

　　梅有點想不通，出國這些年，很多事不可思議了：既然是一個統一的國家，有些民族卻不受本國憲法約束？俗語說：「見人說人話，見鬼說鬼話。」七浦路的員警眼中的人和鬼，與人民眼裡的不同。這樣人鬼難分的地方，錢包只有交給上帝保管了。

　　梅還是要再去七浦路的，不能因噎廢食。美國人就向中國人借了錢，與我同行再次拜訪七浦路。

　　我們八點就來到那裡，商店還沒有全開。在街上已經聚集了一大堆早起的新疆人，他們在陽光之下，眾目睽睽地望著我們，而我們卻不敢多看他們一眼，生怕被他們盯上，口

袋裡的貨幣再次莫名其妙地流通掉，到那時候連回美國的路
費都要成問題了。

　　他們大都是孩子和孕婦，還有懷抱嬰兒的母親。成群站
著，好像在開班會，在某一刻，突然嘩啦啦一下都不見了，
進商場開工了。正好看到斜對面幾個金髮碧眼的外國人，
真為他們捏把汗。錢沒了，命留著就算幸運。這個地方，
員警，小偷，消費者澈底平等，誰都沒有尊嚴和安全，全靠
運氣。

　　商場裡充滿了遊戲，卻沒有規則，只要錢一出手，就別
想再回頭。想到那些已經散去的少數民族的婦女和兒童，誰
都心顫，我們時時刻刻把包包緊緊抱在懷裡。但商販們都熟
悉他們，說沒有關係，新疆人不偷東西，只偷錢，這是多年
來的常規。

　　無論發生了什麼，只要沒有被捅刀就是幸運；東西還是
要買的，鬥智鬥勇贏點錢，彌補一下民族政策給人們帶來的
損失。

　　我們開始自己的遊戲：一條手鏈原本開價六十五元，殺
價為「十元！」沒想到竟然成交！

　　一件連群的長袖T恤衫，開價九十五元，我們叫一聲：
「三十！」。

　　「四十！」這就表示可以成交。我們不鬆口，結果三
十就成交。要知道，在上海的物價，有時是可以差到兩位
數的。

　　在這裡我們的經驗是：殺價百分之三十然後轉身就走，

他叫你回來就成交，如果他不叫你回來，就自己調整心理價位，再回頭升一點價。

在二樓路口，有一家羽絨服店，一件血牙紅的長大衣，讓我動心。小姐很溫柔地說是百分之百的羽絨，就講個價，交了錢。取貨一掂量，不是羽絨！錢剛到她的手中，找零的還沒給我，想退貨就得血戰一場了。小姐緊緊握著那幾張人民幣變了臉，呲牙裂嘴地大叫起來：「我把它剪開來，如果看到一根羽毛，就是你的！」

錢在她手裡，剪了衣服算我的？這樣的心理戰鬥我肯定輸。接著謾罵聲像潮水一樣向我湧來，五個來自各地的攤位女人，濃妝艷抹，口沫飛濺，幾分鐘裡羞辱人的語言沟湧澎湃地蓋了過來，而且不帶重複用詞的。「把她轟出去！」一邊說就對我衝殺過來，手中還拿著剪刀。

很快外面來了一大堆圍觀人群，面對這樣的場面，我心驚肉跳，這裡是我的故鄉，那麼多同文同種同語言的同鄉人，而我卻像一個外星人一樣孤獨無助。如果我今天死在她們的剪刀之下，是中國政府還是美國政府替我收屍？我憤怒、無奈、緊張、害怕，心怦怦地快要跳出胸膛，有個老人同情地指一下樓梯口的警衛房：「去找漏管」。這是一個全新的中文詞。我生怕忘記，就念著「漏管漏管漏管……」往樓梯口走。樓梯口一個小警室，原來是政府派來管這樓的人，叫「樓管」。

樓管是一個中年婦女，穿著警服，滿臉雀斑，帶著我來到攤位，微微突出的門牙，把大家都罵一罵：「你們也真是

的，給她換一件好了！」

　　然後又轉向我：「你這個人算是白活了！羽絨和棉花也分不清楚，這點錢還想買羽絨服！好像外國人，聽不懂我們的話！我們講的又不是英語！」

　　我無言。英語中文此時此刻都是多餘的。不過我學到一個詞「樓管」，並見到了實物。

　　最後樓管想出一個絕招：「真是神經病！她們不肯退，我也沒辦法，你就在這裡等，老闆大概三四個小時就回來，再跟她說說看。」此案又結了，和便衣員警一樣。員警管不了小偷，樓管也是管不了攤販。這裡是員警、小偷、攤販、樓管的共榮世界。

　　衣服太重，我不要了，拍張照片紀念這個戰場也不枉此行，只當被搶了錢。念一念最流行的祝福詞「破財消災」，心裡快樂很多，和梅一樣，我活著，又是一個超級幸運兒。

　　此時此地，錢是身外之物，讓快樂常駐心裡，即便身在地獄，也可以享受天堂。無論如何，那幾百家攤位還是有著極大的吸引力。

　　這裡的貨品，價廉物美，一個幾千元的名牌包，在這裡只要一二百元，只是帶子很快掉下來，口袋隨時裂開。要覓寶，是要承擔風險的，用不起名牌，七浦路可以讓你過足癮。沒有人知道真實價錢，一切都是靠感覺，感覺好了就行。花點時間戰鬥一下，可以省下很多錢，也是一種購物樂趣。只可惜轉了幾個小時，買不了幾件東西，時間都用在鬥智鬥勇上了。這裡每個人都是超級遊說能手，人鬼不分，隨

機應變，如果你聽她們的，就會暈頭轉向準買了廢物。一件
衣服他們可以說成：「從十八歲到八十歲穿都是合適的。」
這些超好的口才，連好萊塢的演員們都忘塵莫及的。周立波
出於此地，絕非偶然。在那裡唯有頭腦絕對清醒，才不至於
把一堆好看不好用的東西，飄洋過海地帶回美國，長眠於家
中的車庫裡。

　　無論怎樣受創，小偷、員警、小販、樓管，都是七浦
路的一道道風景。到了上海這個大都會，無論如何，七浦路
是一定要去的，拼死才能吃得了河豚。那裡有驚心動魄的挑
戰，智力遊戲和魅力無窮的時尚風情。

# 附錄：
## 洛杉磯小留學生凌辱案
## 法庭紀實

# 大雨聽證會

南加州的陽光舉世聞名，洛杉磯很少下雨，可是就在二〇一五年春季的一天清晨，天空忽然下起滂沱大雨，我開車去東區波蒙娜刑事法庭。洛杉磯發生的中國小留學生凌辱案今日開庭。時間定為上午九點，這是第四次聽證會。美國法庭審理順序是按照姓氏排列，這幾個小留學生要到最後才開審。今天法庭冷清，似乎只有他們這一個案子。我剛到五樓N法庭，聽證會已經結束，每次聽證會都不會超過五分鐘。那些法律專用名詞很難懂，所以休庭以後和律師討論更能弄明白開庭的意義。三個小留學生三月被拘捕，審過兩次，接著七月、九月、十月、十二月都排好計畫聽證會。他們的父母因此成了空中飛人，一年中要飛來洛杉磯好多次，而且只能在法庭與兒女短暫會面，這種煎熬令人同情。

主犯蔡雲（化名）來自上海，據說父親是公安局的官員。二〇一五年三月，因一張霜淇淋帳單等小事與一個女同學發生糾紛，於是她夥同韓玉（化名）等十一個同學在洛杉磯羅蘭崗凌辱那位女同學達五個小時。蔡雲的男朋友蕭柳石（化名）負責開車送她去現場，按照美國法律也屬同犯。事後，蔡雲還威脅對方：「妳不要報警，我們認識員警的。」

她待在監獄裡半年，顯然胖了很多，以前她總是一副無所謂的樣子。今天她轉身退庭時，用黃色文件袋遮蓋了背後的手銬。她的母親衣著華貴地坐在聽證席上，香奈兒的香水味襲人，無論如何也看不出斯文高貴的她會有那樣一個瘋狂的女兒。蔡雲的母親從來不跟記者說一句話，總是躲避一閃而過，也許她們以為這樣做就可以保住一些面子。

那個長髮遮面的女生韓玉，就是用香煙燙人的同犯，出庭好多次了，從來沒見過她的家人。她出場時總是用長髮遮住臉，似乎是個害羞的女孩。而今天她轉過身來不斷地向門口張望，好像在尋找什麼人。她第一次露出了圓圓的臉，可是她的家屬依然沒有出現。她今年十九歲，是此案中年齡最大的女孩。她們的律師費都已經超過二十萬美金，代理這樣的案子不僅可以幫律師付清學費，還可以買棟房子，看著那個華裔律師一副幸災樂禍的樣子。其實有沒有律師，法官仍會依法判罪。

為女朋友開車的男生蕭柳石，他染過的金髮長了，混雜在烏黑的頭髮裡，已經變成了「漂染」，他雙手被反銬著離開法庭。不知道他的父母看到兒子這樣的狀況，是恨還是痛?!他們來自中國深圳，他的父親每次總是穿戴整齊到場，母親的指甲修得很亮麗吸引人眼球。據他父親說，已經花了二十萬美元的律師費，一棟房子賣掉了，還不知道什麼時候結束案子。變賣家當救兒子的做法在中國是偉大的，而我認為在出國之前，要讓兒女知道怎樣尊重人權、尊重生命，要讓他們知道美國的法律不是兒戲，那才是明智的。

　　蕭的父母說美國律師不負責任，出庭前常常連案情也搞不清楚，也很少跟他們接觸，也許案子接太多了。他依然認為兒子無罪，兒子也希望一定要把官司打到底。蕭柳石來美國不到兩年，當初是朋友的父親在美國買了房子，約他一起來美國讀書，父母就讓未成年的兒子獨自來美國「留學」了。目前在監獄裡已經關押了九個月，高中也無法按時畢業，還面臨著更多的牢獄日子。這樣的「留學」代價太大了。不過，在美國就算出獄依然不受歧視，照樣可以開創新生活。如果他能繼續留在美國而且不因此消沉，重新開始努力學習，將來也許會是一個好律師呢！

　　在法庭門外，我們見到韓玉的律師，他說今天的聽證會上沒有達成認罪協議。一月五日再次開庭，蔡雲和蕭柳石換了律師，一月五日新律師全體到場，那將是最後一次認罪協議聽證，如果協議不成就要進入陪審團程序。律師說這個案子是「捆綁」在一起的，只要其中兩人簽了認罪協議，法官也可能會認定判決。他認為進入陪審團審判的風險很大，因為員警收集的證據很周全，難以推翻，不過就算判了刑期，還是可以打八五折的。我聽了覺得奇怪，監獄也有折扣券？為啥？據說此舉是因應加州監獄人滿為患，為了節約開支就給刑期打了折。雖然這樣省了納稅人的錢也好，但是如果街上都是提前釋放的犯人，也挺令人不安。失去自由的懲罰不輕鬆，這種教訓夠深痛的，人生苦短，外面的陽光燦爛，還有很多事情要做，很長的生活要享受，牢獄之苦過後，誰也不會想再進去吧！

　　一個月以後，他們又將經歷聽證會，大好的青春歲月就消磨在監獄裡，父母也跟著受煎熬。我同情他們的父母，這樣傷財傷神是為了什麼？如今中國富裕發達，很多有錢人把孩子送到美國留學當作時髦，卻不知這些未成年的孩子在異國他鄉生活的孤獨。美國有成熟的社會制度，有強大的法律，是人盡其才的好地方，但由於東西方文化和制度的差異，常常弄出一些不該發生的悲劇。要知道孩子成長過程中最需要的是父母的關愛，而不是「美國留學」這樣的招牌。

　　一直不明白那些中國的女孩怎麼會那麼殘忍。前幾天遇到一個中國來的小學生，她五年級來美國上學不到一年，聊天過程中，她的想法讓我很震驚。我問：「你喜歡美國還是中國？」我想她剛到異國他鄉，語言又不通，說不定還可能被小朋友歧視，因此她一定會回答喜歡中國學校，畢竟那裡有熟識的同學還有好吃的川菜。

　　她卻很響亮地回答：「喜歡美國！」

　　「說說，為什麼呢？」我繼續問道。

　　她認真又簡單地回答：「美國老師不會打人。」

　　我睜大眼睛望著她：「啊！中國老師會打人嗎？怎麼打學生啊？」

　　她說自己就被老師打過，很疼！老師在學校用棍子隨時可以打學生，這樣的教室不是很可怕嗎？難怪她喜歡不會打人的老師。

　　我在中國長大，從來沒有聽說過老師會打人！現在老師怎麼會打人呢？老師打人，就意味著學生長大也可以打人。

老師用棍棒征服學生，學生到社會上就可能發揮武力的作用。人與人之間互相武力征服，這樣的種子種在孩子心裡，不是天下大亂嗎？蔡雲、韓玉同學如果曾被老師用棍子打過，她們就認為可以用香煙去燙不聽話的同學。「教育是最大的失誤」這是鄧小平先生講的。

　　三位小留學生究竟最後會被怎樣判決？下一次開庭，我一定還要去的。

★波蒙娜法庭大樓

# 中國小留學生的悲劇

又是一個下雨天，趕早去了波蒙娜刑事審判法庭，洛杉磯小留學生凌辱案今日終結審理。案發至今幾乎每個月都開庭聽證審理，每次開庭總是不到五分鐘就結束，可是今天上午卻遲遲不見三位主角出場，讓人在法庭外盼著，時間過得焦心，只見律師和家長們低聲交談進進出出，經歷了整整一天的庭外協議交涉，終於簽署了認罪減刑協議書。

二〇一五年三月在羅蘭崗發生一起小留學生凌辱案，十二個小留學生凌辱兩個同學達五個小時，拳打腳踢，剪頭髮，逼迫她吃沙子和頭髮，還用香煙頭燙她的乳房。當晚報警後，逮捕了六位，另外六位在逃。其中有三位因未滿十八歲不公開審理，超過十八歲的就上了刑事法庭公開審理，她們是蔡雲（化名）、韓玉（化名）還有一個男生蕭柳石（化名）。逮捕他們的罪名是綁架罪、攻擊罪、人身傷害罪、折磨罪等都屬於重罪，保釋金高達三百萬美金。在法庭上，蔡同學曾經不屑一顧地插話，遭法官當場訓斥：「妳再繼續，我將現在就作出讓妳終身後悔的判決」，據說她們的罪已經構成終身監禁的條件。

從三月被捕到現在已經開庭聽證達六、七次，他們的父母支付的律師費用都在二十萬美元以上，外加赴美飛機票、

食宿等，加總起來不是一筆小數字。這幾個月的開庭，給被告人充分的辯解機會，美國法庭不讓人有冤屈。

前幾次開庭時，曾在法庭上見過蔡雲同學的媽媽，她衣著高雅，包包和香水名貴，總是孤獨一人來到法庭，無言無語匆匆來去。還有蕭柳石同學的父親和母親，蕭父憨厚說話直率，今天他們都拒絕開口。身為父母，此時沉重的精神和經濟壓力無法用言語表達。看到蔡媽媽一人低頭坐在外面走廊上，我走過去和她聊聊：「其實我理解你此刻的心情，也理解你們的壓力。事情發生了只有去面對，將來還是會好起來的，一切都會過去的……」說到這裡，她忍不住拿出紙巾擦眼淚，抽泣著點點頭表示贊同。每次開庭都見她冷眼走過從不言語，今天她的情緒有些失控：「他們全部都指責我們……我什麼也不想說！」這是她第一次開口，似乎內心有很大的委屈。我正想和她多聊聊，突然見她站起來就走，我回頭一看，兩個記者不知道什麼時候站在了我的背後。

我追到電梯口，告訴她我也是一個媽媽，理解她此刻的心情。她留了我的電話號碼。我們在外面等了很久，已過午時還沒開庭，有人說：「我覺得今天要有大事發生。」

中國人的傳統是保守本分，很少有在海外刑事犯罪的。近年來移民越來越多，犯罪比例也大大增加。「著名」華人律師財源廣進，發達的冒油，收費也從五萬美元飆升到二十萬。中國人有句話：「錢能解決的事就不算事」。於是就有父母花錢救人，其中一個參與凌辱案同學的父母試圖用錢和對方和解案子，被法庭以行賄罪另案起訴。這種在中國屬

「正常」的舉動,在美國就是犯罪,因為錢是不能用來修復人類犯罪的。

法庭內外律師忙碌著,三位主角和家屬也未進來。上午審理的都是當地案子。我看到一個二十多歲的尖鼻子大眼睛歐洲美女帶著手銬進場,她捲曲的長髮披肩,穿一身黑色緊身上衣,腰身纖細,雙手背銬著。她的眼睛很大,目光有些謹慎。她因偷車而被判四年徒刑,因為有語言障礙,由一個西裝男人替她發言。四年服刑完畢後,她將會被遞解回她的祖國。我想,她那個祖國也可能是個無法無天的地方,要不然如此一個美女怎會不把美國的法律當回事呢?

接下來是一個腰身像燈籠般一層層突出來的的黑黝黝的婦人站到了法庭上,法官上來便開始教訓她:「你必須八點半準時到達法庭,什麼塞車、走錯路,沒有任何理由讓你出庭時遲到的!我每天早上八點半到場,從來不會遲到的。今天我再給你一次機會……」。據說她是因為打老公被起訴的。這形象的女人還有老公,而且老公還會挨揍,女人的幸福和長相真的無關。美國法官也太平等了,居然拿自己準時上班做典範來說服嫌疑犯不要遲到。法官還對她說:「你是自己選擇的,我不能牽著你的手教你……。」每次審判之後,法官總是說聲:「祝你好運!」聽起來好像在賭場。可惜在此賭上了青春,賭上了美國綠卡。

有個穿黃色囚服的尖鼻子小鬍子的男人很兇,對著法官大聲說:「我不需要律師,我代表我自己,我的案子我自己最知道!」法官轉向他:「你的案子還有一個同案人,你不

需要律師，他也不行。再説，你讀過法律學校嗎？……」這
法官真有耐心，和這樣的人講法律學校？如果他上過法律
學校，還會帶著手銬到這裡來玩嗎？他被帶下去了，聽候
另審。

在美國法庭，法官相信律師，因為律師會用法律條文來
辯證。而我們在中國立案時，法官説：「找律師幹嘛？錢太
多了啊?!我直接就可以判的！」中國法官怕律師，因為律師
學過法律，辯論起來，法官難以隨心所欲的判決。而中國律
師常常吃了原告吃被告，司法還是難以讓人申冤。

坐在後排有個亞裔面孔的男人，我以為是家屬。他忽然
走上法庭被告席，一個律師代言，簡單説了幾句，就有一個
員警過來把他銬走了。據説他偷珠寶被抓，保釋在外，今日
開庭判他有罪，服刑九十天。他一聲不吭走進法庭，然後帶
著手銬乖乖從另外一個門出去，看似「自投羅網」。美國的
司法是銅牆鐵壁難以逃脱。法官反覆説明：如果你不是美國
公民，服刑完畢就回去自己的國家。

法庭門外，蔡雲同學的律師手上拿著一張粉紅色的紙，
那是認罪協議書，對蔡雲母親説：「妳可以寫一張小紙條給
她，表明妳的意思。」今天三個被告的律師全部到場，進行
最後一次認罪協議的討論，他們的家長在外面垂簾聽政。

此案延續到下午一點半審理，我回到車上全身已經濕
透，大雨不停地下著，洗刷著大地上的汙泥濁水，這法庭也
在洗刷著社會。記者告訴我一個新情況：本案在逃的另一個
學生十二月九日在羅蘭崗被捕了，他叫羅橙衛（化名），在

逃八個月後被捕歸案，律師又有二十萬的收入了。原本以為六位失蹤的嫌疑人都逃回祖國，沒想到這個羅橙衛還敢回到羅蘭崗繼續讀書。剛逮捕的羅同學將在下個月另案審理。

　　我回家草草吃過午餐後回到法庭，只見蔡同學的母親還在走廊裡打電話，一邊擦眼淚，她說沒有心情吃飯。我理解誰家攤上這樣的事情，全家人都無法正常生活。女兒走到這一步能怪誰呢？未成年的孩子遠離父母，什麼事都可能發生，為了留學美國這一鍍金標牌，冒那麼大的風險，這是父母失職。蔡媽媽臉色灰暗，憔悴了很多。蕭家的父親也不像以前一樣健談，靜靜坐著，什麼也不說。我對他說，美國自由，你有委屈也可以說說的。他只說：「人生地不熟」。既然如此，當初為什麼要把兒子送到「人生地不熟」的地方來呢？中國封鎖信息，把美國妖魔化，但人們又崇洋媚外把美國當作天堂，卻不知美國的法律如鋼，社會安全是在重罰之下所得到的保障，誰也不要觸犯法律，哪怕沾上一點點邊！

　　下午四點左右，三位主角出場了，他們穿著天藍色的囚服。蔡同學一出場就在聽眾席上找媽媽，她的媽媽坐在角落。母女倆在法庭上遙望，女兒的眼神裡充滿依賴，媽媽的眼淚擦了又擦。我想這個被寵壞的女兒此時此刻會不會想家，想念媽媽做的紅燒肉啊？她是否懂得媽媽每次開庭飛來飛去承受了多麼大的精神壓力？她的目光一直盯著媽媽，雙手背銬著，媽媽已經無力拯救她，她是成年人，一切行為自己負責。前總統布希的女兒酒醉駕車也要入獄受罰，這就是美國。

　　已經簽署的認罪協議書遞交到法官手中，他一直在念：「曬，曬……（蔡），紹，紹……（蕭）」真是難為他了，中文確實難念。檢察官、律師與當事人經歷了八個月調解終於簽署了認罪減刑協議。蔡雲被判十三年，韓玉被判十年，蕭柳石被判六年。三人在宣判之前關押的每一天折算服刑兩天。加州監獄人滿為患，所以就打了七五折處理。照此計算，蔡雲的刑期將不滿八年，韓玉不到五年，蕭柳石大約為三年多。服刑期滿後，三人將被驅逐出境，不得再進入美國。

　　受害同學被嚴密保護起來，第一次出庭是員警護送而來，法官當庭宣佈：不准記者採訪，不准拍照，不准寫真實名字。在美國，受害者是得到極大的保護的，她也因此得到了永久居留美國的綠卡，可以在美國繼續念書和平安的生活。那些凌辱過她的人，再也不敢來報復傷害她，他們已經付出很大的代價。她的律師已經開始進行民事賠償的訴訟。在美國犯罪是會傾家蕩產的。

　　法官確定三位的身分後，問道：「你們接受這是對你們最好的審理結果嗎？」

　　「是。」這是他們通過法庭翻譯發出的聲音。

　　「你們知道認罪協議簽署後是不可以再上訴的嗎？」法官說。

　　「知道。」這仍然是翻譯的聲音，而他們本人幾乎沒有發出一點點聲音。此時此刻，他們是那麼靦腆，而讓人難以想像那個夜晚發生過怎樣殘忍的事件。

　　他們三個人都簽了那份粉紅色的協議書。不知道他們簽字的那一刻，有沒有想過，不管是六年還是十三年，都不是一個短暫的時光。可是如果不簽字，據說進入陪審團程序後，那項「折磨罪」就不能取消，有可能面臨承擔終身監禁的風險。

　　一個震驚中外的中國留學生凌辱案，終於塵埃落定，他們也將從候審監獄遷至服刑監獄。律師說，服刑監獄的條件比較好些，他們將分別在那裡度過一段青春寶貴時光。他們的父母以後飛來美國不是旅行而是探監，這樣的日子要過好幾年。他們的美國留學學業泡湯，鍍金未成反成階下囚，這是小留學生的悲劇。

　　近年來在中國發生過許多校園凌辱案件，我在微信看過一個單身媽媽的呼救。視頻上十四歲的女兒被同學扒光衣服，在亂石頭地上被拖行，她那淒厲的哭叫和求饒聲慘不忍睹。這位媽媽報了警，員警卻不管。那些打她的人至今逍遙法外，據說他們具有深厚的家世背景。她們凌辱別人還大膽拍成視頻，說是要讓受害人出醜。而洛杉磯小留學生凌辱案與國內校園凌辱的情形幾乎一樣。在中國這屬於「小孩打架」，學校教育就了事；而在美國，生命被法律保護，人權平等，侵犯傷害他人就觸犯法律，法律底線遠遠高於「小孩打架」的範疇。

　　中國處理糾紛的慣用模式：「為朋友兩肋插刀」、「破財消災」。這在美國行不通，還可能因此扯上新的官司。蔡同學在案發之後，天真地威脅對方：「不要去報警，我們認

識員警的。」她能糾集十二個同學一起凌辱同學，勇氣和自信也不是一天養成的。而這種「仗義」和「自信」，在美國卻碰得頭破血流。

不過，入監服刑也不是世界末日，美國監獄不管教育人，只限制自由，沒有體罰和勞苦工作，限制自由就是對人類的重大懲罰。把未成年的孩子送到西方國家「留學」並不代表愛，孩子們成長過程中最需要的是家庭的溫暖和父母的關愛。小留學生的「美國留學」道路艱辛，一不小心就會夭折，父母需要慎重考慮。希望他們經歷過此挫折之後，學會尊重他人熱愛生命，也希望他們懂得父母一片苦心，出獄後重新創造自己的新生活。

# 坦白從寬，他只判三年

　　南加州火辣辣的陽光熏烤著大地，波蒙娜法庭外的大草坪依然平整翠綠。五樓的刑事法庭裡非常忙碌，洛杉磯華文報紙的記者幾乎全到場，今天是小留學生凌辱案的最後一次開庭。

　　洛杉磯東區羅蘭崗中國小留學生凌辱案，最後一個嫌疑人羅橙衛失蹤半年後被逮捕歸案，他已經簽署了認罪協議，今日法庭將正式宣判。他被保釋在外一個多月，如果今日他不按時到法庭接受審判，他將被判終身監禁，這一個月是誠信的磨練。他的護照被法庭沒收，保釋金一百萬是由保釋公司擔保的。他在這一個月暫時屬於自由人，若要逃走並不是件難事。

　　記得幾年前，美國有個中國學生無照駕駛撞死兩人，保釋金兩百萬。他的家長從中國趕來，當場遞交兩百萬保釋金，然後用假護照帶兒子逃回中國去了。那個出主意的律師被吊銷執照，引發官司。今天羅橙衛是否會到庭，大家十分關注，如果他逃走，那個「終身監禁」就變成一紙空文。

　　當我走進法庭時，一眼就看到了個子高高瘦瘦，戴著眼鏡的羅橙衛和三個同學。他們坐在第二排的聽證席上，頓時讓我心裡產生了好感，他沒有逃走，明明知道今天將被戴上

手銬正式送到監獄去服刑，還能準時到庭，真是好事！如果他逃走，中國人的形象又將大打折扣。

當法官叫到羅橙衛的名字，他那個壯實、黑黝黝臉頰的白人律師馬修立即走向庭上和法官說了幾句。法官問：「人來了嗎？」律師向台下指指，法官望一眼羅橙衛，點點頭。律師和羅橙衛一起到外面去了，一定有新情況，我們只能靜靜地坐在法庭等待。

今天法庭有些恐怖，一個年輕的囚犯穿著藍色囚服被銬著走上法庭，他眼睛對台下一個女人微笑一下。他殺了兩個人，今天的辯論很激烈，對方說是不耐煩了，希望趕緊判決，不想來回跑法庭。法官還是改期了，要給雙方充分的辯駁機會。這種長期審理的方法，讓一些人放棄了爭辯，淡漠了仇恨，多一些理智。

過了半個小時，羅橙衛和同學回到法庭，我站起來，把一排位子讓給他們坐，羅橙衛就坐在我的旁邊。馬修律師又走過來拍拍他的肩膀，好像自己的孩子。我忍不住對羅橙衛說：「你來了就是好樣的！你的律師對你很好。」

他點點頭，神情還是有些緊張，誰在這樣場合都會緊張的。我問律師費多少錢，他說還不確定，我問他是不是華人大律師介紹的？他搖搖頭說是朋友介紹的，律師費幾萬塊而已。

我看他心神不寧，就說：「不要怕，事情過去就好了，以後會好的。」

他低著頭回答：「是的，總是要面對的，磨難也不一定

是壞事。」

我說：「是，人生經歷一些磨難，幫助成長，你能面對就很不錯！」

他又低聲說：「其實我挺冤的，我就是個駕駛員，開車的。」

我問他：「那麼你動手打人了嗎？」

他說：「我沒有打人，那些人我也不認識的。朋友要我帶去的，到那裡已經快結束了。」

「外面傳說你是動手打人的，你可以給媒體解釋啊。」我說。

羅橙衛抬起頭來，望一眼後面的記者說：「我知道記者也不容易，他們總要寫一點東西的，讓他去吧。我沒有逃走，一直住在駕照上這個地址，就在家裡，律師和法官都知道就好。」

「那麼後來怎麼會被抓了呢？」我好奇地問。

他笑笑說不知道。我想也許有人舉報吧，他又悄悄告訴我：「律師還會再去爭取減掉一些，可能還會減到一半，就只剩一年半了。因為我準時到庭。」我為他高興！他是完全可以逃走的，他很清楚那幾個逃回中國的學生沒受法律處罰，但他沒有逃走，遵守美國法律主動回到法庭接受法律審判。這不僅是尊重美國法律，也讓人看到一個中國男生敢於面對處罰、敢於擔當的形象。如果法官能給予減刑是件好事。

幾次開庭都沒有見到他的父母，羅橙衛說：「這又不是好事，還是不要來了。」看來這是一個敢於擔當的孩子。那

麼高額的律師費用和他這些年的刑期，還是會帶給父母很大
壓力和負擔的。那些在國內賺錢為孩子打拼的父母，不能隨
便給男孩們買車，否則當司機的機會一變多，誰知道他們是
否一不小心就開到監獄去了。

　　法官終於叫到了羅橙衛的名字，他站起來對他的朋友招
招手示意再見，對我笑笑，就走上被告席。他個子很高，白
色T恤衫裡可見細細的脊骨，律師和翻譯在他身邊，法官宣
判三年又減掉了兩個月，那是他保釋前關押一個月，兩倍抵
消的刑期。一個胖胖的員警走到他身後，用手銬銬上了他的
雙手，然後他就被員警帶到小門裡去了。他將被送到加州監
獄裡去服刑，法官並沒有宣佈給他再減一半刑期。

　　庭外記者雲集，還有來訪者控訴華人律師，大家都忙著
交流著……我離開了法庭大樓，祈願以後永遠不要再來。

　　大樓外面的草地上，有一群人聚集坐在那裡，我好奇走
過去看看。一個黑人媽媽坐在折疊椅裡，向我打招呼：「你
好！過來坐坐，我們是賣房子的！」

　　我又大吃一驚，法院門口擺攤賣房子?!她告訴我這裡是
法院判決後立刻要賣的房子，每天都有，這事令我太好奇
了，好像發現新大陸一樣！她當場拿出一張廣告，那是海邊
的一棟三千尺的房子，要價一百二十萬，我轉身就走，她在
後面喊我：「對面那個人有便宜的房子。」

　　其實我是看到羅橙衛的律師馬修從法院出來，趕緊跑
過去。他神采飛揚，很熱情地和我交談。神祕兮兮地問我：
「你知道那三個同學律師費多少嗎？」我說二十萬啊，他又

問我：「你知道我收多少嗎？」

我說「不知道，你可以告訴我嗎？」

他欲言又止：「不告訴你！你可以猜。」我哈哈笑起來，這白人律師像個小孩。我說：「百分之三十？四十？」他說不到百分之三十，那就意味著七萬左右。剛想表揚他，又想到他是幫助罪犯減刑的人，好像也不太對。難怪人們認為那個華人大律師收費二十萬實在太高，不知道為啥他自己不出庭，出庭的都是白人律師。是他雇傭白人律師，還是轉手賣案子就不得而知了。據說有個白人律師的太太是個華人，看到報紙上寫了此案收取了二十萬，氣得立馬辭職不做了。那天法庭外有人爆料律師要求支付現金，還有人透露二十萬律師費打到私人帳戶去，沒給發票的。這種亂相真是令人不安！

馬修律師嚴肅地告訴我，現在加州移民最瘋狂的第一名是墨西哥人，第二就是中國人。聖蓋博那裡的華人都不懂英語，也不懂美國法律，犯罪率不斷增加，他說這很不好。他們不懂美國文化，所以容易犯罪。小留學生案發後，不可思議的是還有家長拿錢想「私了」，因此招致官司的。

馬修律師說如果有時間，他會和我去喝咖啡多聊一些，但現在他要趕去另一個法庭。我就跟他走到他停車的地方，想多瞭解一些。他那輛普通的美國吉普車停在很遠的小路邊，法院的停車費是八塊錢，他和我一樣捨不得花停車費。我說：「你看起來很兇，記者們都很怕你。」

他很吃驚地望著我，摸摸自己的臉說：「我很兇嗎？誰

不想賺錢！但案子沒有結案，我不可以跟記者談案情，那等於為自己做免費廣告，這不好。」

　　我終於有機會問他：「那麼羅橙衛究竟判幾年啊？」

　　他大聲地說：「二〇一八年他就可以釋放了！我再申請給他減刑，他只需要坐不到十八個月的牢，就可以開始自己的生活了！」

　　他認真地對我說：「你知道我為什麼要幫助他嗎？因為他誠實！他完全可以逃走，但他沒有逃，他回來了，誠實的人我願意幫他！他還年輕，服刑短一點，就早一點開始自己的生活。人生還很長，所以我願意幫他。」

　　羅橙衛由於誠實，準時到法庭接受服刑，他的刑期一再減下來，他只需要坐一年半的牢就可以回國。這讓我想起中國有個政策：「坦白從寬，抗拒從嚴」。然而實際上，在中國是「坦白從寬，牢底坐穿」，「抗拒從嚴，回家過年」。今天，我看到「坦白從寬」在美國真正的落實了。

★中國小留學生凌辱案開庭

# 為女友開車入獄，男生喊冤

　　這起轟動洛杉磯華人的小留學生凌辱案，被告十一人的結局是：三名未成年不予公開審理，三名超過十八歲的被告蔡雲，韓玉，蕭柳石分別被判了十三年，十年，六年的刑期。二〇一五年底第四位嫌疑人羅橙衛被捕，單案審理，他在二〇一六年五月簽了認罪協議，被判三年刑期。另外兩個發起人女生已逃回中國無法起訴，其他三個參加打人的學生逃逸，下落不明。

　　近日蕭柳石的父親再次來美探望服刑中的兒子，他得知羅橙衛判三年的消息，心情不能平靜。追憶當時參加凌辱事件的過程，他們認為羅橙衛可能被判更重，因為羅橙衛就是受害女生說「他是我玩剩下的」那個導火線男生。羅的女友為此發怒而引起這場凌辱事件，他也親自到現場參與，事後他逃逸躲藏了八個月後被捕。他的律師黑紅的臉像鐵打的銅像，在法庭堅定的形象讓記者們望而生畏。他應該是個盡心的律師，盡心「幫助」罪犯脫罪。不知道這樣的工作是否會下地獄？但家長感激他，律師費沒有白交。大家知道美國的法律如鋼如鐵，但在法庭上有充分辯論的權利。只要你能說服法官，機會還是有的，不過，無論你多富有、權勢多大，絕對沒有暗箱操作的一絲機會。

　　蕭柳石是被女友蔡雲當成司機差遣陪同去了現場，並沒有動手打人，卻被冠上綁架罪、攻擊罪判了六年。和羅橙衛的情況相比之下，蕭家深感不平和委屈。他們支付給「洛杉磯著名刑事案律師」的巨額律師費就像打水漂了。根據美國律師工會的規定，委託人如對律師的工作不滿意，可以到律師工會申訴退回不合理的收費。蕭父也準備向律師工會申訴，請「最強大」的刑事律師退回律師費。他認為羅橙衛打人判三年，那是他的律師做了努力，而蕭柳石沒有打人卻判六年，這是律師工作的失誤。

　　平心而論這案件，那些年的刑期已經足夠讓這些小留學生們反省和悔過。他們人生最美好最重要的學習階段將在美國監獄裡度過，這種懲罰夠重。他們剛年滿十八歲，正是處在青春反抗期，家長不在身邊誰也不知道會發生什麼事。美國前總統柯林頓說過：「誰家有個青春期孩子，家長就如坐上了雲霄飛車，一會兒送你上天堂，一會兒又把你打下地獄。」誰也不知道下一刻他會出什麼招數。中國人保守，孩子鬧事，不會對別人說，固守「家醜不可外揚」這千年傳統。當釀成大禍上了新聞才冒出來，有的兒子甚至在反抗期殺了母親。人們抱怨社會動亂，卻忽略了青春期反抗。凌辱事件受害者不僅身體傷害，還有心理傷害更是長期才能痊癒的，所以不容忽視。

　　蔡雲的母親在法庭心疼無奈地流淚，我相信她不會教唆女兒去打人。這個上海女生應該是個被過度寵愛、單純魯莽的女孩。她好管閒事，喜歡當頭，但無判斷是非和掌控自

己情緒的能力。她甚至依然天真，事發之後，在法庭見到母親，求媽媽救救她！以為父母能為她遮全世界的天，而母親心疼女兒，只剩下為她流淚的能力。整個案件中，她扮演了指揮者，動手打了五個耳光，成了主犯，判了十三年刑期。

天津姑娘韓玉是在凌辱事件開始兩小時後到現場的，她動手用香煙燙同學的乳房，手段十分殘忍，讓人覺得不可思議。這一頭秀麗長髮的女孩居然能做出如此兇殘的舉動！當時法庭心理檢驗，她被鑒定有心理問題，但律師並沒有因此讓法庭改變判決。律師雖然沒有盡心「幫助」罪犯脫罪，卻收取了巨額的律師費，這樣的律師是否要下地獄，由上帝做決定。韓玉被當作「主犯」，判十年。

蕭柳石的父親內心很矛盾，花了巨額美金找洛杉磯「最好的」刑事大律師，但這個美國「著名律師」一年來，從來沒給他打過一個電話。他打電話給律師，也常常沒人接電話。結案後，他向律師請求歸還案卷還遭冷遇，兒子的手機也在律師那裡遲遲不歸還。最令他無法理解的是沒有動手打人判六年，動手打人判三年。他對美國司法的公平感到質疑。他們原本一直想堅持把官司打到最後，但大律師說三人案子是「綁在一起」的，兒子願意為女朋友擔當，而放棄官司的繼續。他不明白既然案子是綁在一起的，律師費為啥不是「綁在一起」的？律師請他們簽認罪協議時，對他說：「你們是在與一個強大的國家機器鬥啊！」；「如果你們上了陪審團，就要加折磨罪，那將判終身監禁！」他們嚇的不得不投降，乖乖簽了「減刑」認罪協議。想起一句毛主席

話：「敵人不投降，就叫他滅亡。」此話是強大的。

在法庭外一直有個女人等待著，她有車禍刑事案。她去過「華人大律師」辦公室，大律師拿出一張與法官的合影給她看，之後就要她簽認罪協議。他說：「我和法官是好朋友，我總不能讓我的朋友為難吧？」在美國第一次聽到「法官和律師是朋友關係」這種話，敢這樣解說美國司法的還真是膽大包天的律師。

蕭同學的父親為兒子喊冤，兒子願為女友擔當，他們紛紛入獄，在不同的監獄裡度過青春年華。家長們花費巨額律師費，卻沒有得到滿意的協助，內心不平。我同情這些失職的家長，告訴他們：如果你覺得不公平，可以到律師公會去爭取權利。

女兒聽到這話，趕緊對我說：「媽媽，不要幫壞人、魔鬼啊！如果我被別人打了，你還會去幫助他們嗎？」我愣住了！是啊，如果女兒被欺負，我絕不會放過他們。他們已經受到應有的懲罰，他們的父母沒有罪。這是「壞人」遇到了壞人；「魔鬼」遇到了魔鬼。如果大家都不管，這個世界豈不全部被魔鬼占領了嗎？

# 我見過的美國法官

自從當房東以後，就常常去法庭申辯與房客的糾紛。這種事在中國是街道幹部的範圍，而在美國都屬於法院的事。美國是法制的地方，所有大事小事都是去法庭辯個是非，但見法官還是有點緊張的。

我們眼裡的美國法官高高在上，威嚴冷峻，肅穆神聖，讓人敬畏。他們如同上帝一樣，每天在審判著世界。人們去法庭總是懷著緊張的心情仰望法官，希望他們能看清人間疾苦。這都是電影裡的鏡頭，生活中其實不然。我看到過的美國法官嚴肅又隨意，還會引用文學來解答案件。

有一次我陪好友去海邊的一個法庭申辯交通罰單。我倆緊張兮兮地走進法庭，坐在聽證席上靜靜地等待，想著應該會有個穿黑色法袍，灰白頭髮尖鼻子面容嚴肅的法官會出現。

員警帶領大家向上帝宣誓保證講的都是實話。一切就緒，從小門裡走出一個女人，她穿著寬大的法袍，塗著鮮艷無比的大紅唇膏，眉毛畫成三角形，像個高中學生，脖子上還掛著一串小花。最誇張的是，她的左耳邊戴著一大朵黃燦燦的夏威夷花，讓我想到女兒中學時的打扮。這是法官嗎？我吃驚地望著她，一句話也說不出來。她就是本庭的法官！

　　大家都坐著，她翻著卷宗，叫著被告的名字，很快就處理了幾個案子。判斷十分迅速準確，真讓人信服！人家穿啥都可以，我們以貌取人大大失敗。不知道今天是她的生日還是什麼紀念日，打扮成這樣？大黑袍包不住輕鬆和喜悅心情，法庭氣氛也隨之改變。她不是上帝的使者來審判世界的，她的工作就是用知識和法律來公正調節糾紛，修正差錯平衡社會。這僅是一種職業，對任何人都是平等的。

　　在一次艱難的驅趕房客過程中，我在法庭看到一個法官手裡舉著一張紙，回答被告：「只要天上的風還在吹，河裡的水還在流，這張紙就有效！」如同朗誦一首詩詞。而我拿到最終的判決書時，這位法官洋洋灑灑寫了整整六頁紙，好像一部小說。漸漸地我不再害怕上法庭，只要有理就去申辯。

　　在小留學生凌辱案中，法官說這個案子讓他想起英國小說家威廉‧戈爾丁在一九五四年所撰的小說作品《蠅王》。

　　我沒有想到美國法官會在法庭上講小說，他說得非常恰當。為此讓我回家去找到《蠅王》電影，深深被吸引。它顛覆了中國文化中「人之初，性本善」的理念。他告訴一個事實──人類和獸性的原始狀態是一樣的。

　　這個故事說的是一群孩子遇到空難，流落到一個荒島上。他們本來都很乖，島上沒有大人，他們自己按夏令營的方式選出一個領袖拉爾夫，負責打獵的是傑克。他們分配好工作，有條理的生活，找吃的、造房子、搭廁所，建立一定的法規。還不忘記安排人輪流在岸邊等待救援。

　　後來有人貪玩而忘了向過往的船隻呼救，被拉爾夫訓斥，內部產生了矛盾。負責打獵的傑克率領一群孩子離開，他們去打野豬，烤肉的樂趣和香味吸引大批孩子跟他走。他們在臉上塗抹豬血，心變得嗜血冷酷，他們一起玩的遊戲很殘忍，讓一個小夥伴當野獸，大家用尖尖的棍子戳他，狠狠地抽打。開始是玩假的，後來就變成真的，打得小夥伴皮開肉綻，大家還嬉笑著。他們任由這種野人獸性持續發展，毫不遲疑地殺了同伴，變成一群野蠻的原始人，毫無憐憫生命之心。

　　拉爾夫的唯一追隨者「小豬」，因去找傑克算帳，被傑克從山崖上推下一塊大石頭砸死，而傑克和他的夥伴已經變得絲毫沒有人性，繼續追殺拉爾夫。他們為了把樹叢裡的拉爾夫趕出來，點燃了島上的樹木，大火燃燒的通天紅，海上的一艘巡洋海軍艦發現後，過來把他們救回。影片最後那海軍軍官以為他們在玩遊戲：「你們在這裡玩啥呀？」

　　拉爾夫流著淚說：「我們不是玩，已經有兩個人被殺死了。」這些孩子的年齡大約就是十幾歲。

　　法官用這個故事形容美國小留學生的生活非常恰當。他們在美國沒有大人管教，寄宿家庭並不管他們，他們就自己抱團度過孤獨無聊的課後時光和週末。他們不懂美國法律，遇到事就按自己的方式解決，一點小事就打架，殘暴地凌辱同學。用聖經上的話：「他們自己都不知道自己在做什麼。」他們本來都是好孩子，被父母寵愛著。而他們父母盲目把他們送到美國，就像一個荒島。這裡的「叢林法則」與

他們以前生存的地方完全不一樣，於是就出了事，把自己弄到監獄裡去了。父母把他們送到這個陌生的國度，以為是天堂，卻不知道他們是怎樣生存的。

他們的父母自己也不瞭解美國生存的「叢林法則」，只知道賺錢，給孩子提供豐厚的資金，以為他們就能活得很好，卻不知他真正需要的是什麼。在這審判的過程中，他們學到了美國的「叢林法則」，又用美國的法律追討公道。法官很忙，很忙，因為有很多人冒險違背「叢林法則」牟取暴利。

如果人類沒有制度沒有法律，沒有文化和信仰約束，將會獸性橫行，世界大亂。

語言文學類　PE0140　北美華文作家系列29

# 一個上海女人的美國法庭征途

作　　者／瀟　瀟
責任編輯／林世玲
圖文排版／楊家齊
封面設計／蔡瑋筠

發 行 人／宋政坤
法律顧問／毛國樑　律師
出版發行／秀威資訊科技股份有限公司
　　　　　114台北市內湖區瑞光路76巷65號1樓
　　　　　電話：+886-2-2796-3638　傳真：+886-2-2796-1377
　　　　　http://www.showwe.com.tw
劃撥帳號／19563868　戶名：秀威資訊科技股份有限公司
　　　　　讀者服務信箱：service@showwe.com.tw
展售門市／國家書店（松江門市）
　　　　　104台北市中山區松江路209號1樓
　　　　　電話：+886-2-2518-0207　傳真：+886-2-2518-0778
網路訂購／秀威網路書店：https://store.showwe.tw
　　　　　國家網路書店：https://www.govbooks.com.tw

2018年11月　BOD一版
定價：310元
版權所有　翻印必究
本書如有缺頁、破損或裝訂錯誤，請寄回更換

國家圖書館出版品預行編目

一個上海女人的美國法庭征途 / 瀟瀟著. -- 一
版. -- 臺北市 : 秀威資訊科技, 2018.11
　　面 ；　公分. -- (語言文學類 ; PE0140)(北
美華文作家系列 ; 29)
　　BOD版
　　ISBN 978-986-326-615-0(平裝)

855　　　　　　　　　　　　107016974

# 讀者回函卡

感謝您購買本書，為提升服務品質，請填妥以下資料，將讀者回函卡直接寄回或傳真本公司，收到您的寶貴意見後，我們會收藏記錄及檢討，謝謝！如您需要了解本公司最新出版書目、購書優惠或企劃活動，歡迎您上網查詢或下載相關資料：http:// www.showwe.com.tw

您購買的書名：＿＿＿＿＿＿＿＿＿＿＿＿＿＿＿＿＿＿＿＿＿＿

出生日期：＿＿＿＿＿年＿＿＿＿＿月＿＿＿＿＿日

學歷：□高中 (含) 以下　　□大專　　□研究所 (含) 以上

職業：□製造業　□金融業　□資訊業　□軍警　□傳播業　□自由業
　　　□服務業　□公務員　□教職　　□學生　□家管　□其它＿＿＿

購書地點：□網路書店　□實體書店　□書展　□郵購　□贈閱　□其他

您從何得知本書的消息？

　□網路書店　□實體書店　□網路搜尋　□電子報　□書訊　□雜誌
　□傳播媒體　□親友推薦　□網站推薦　□部落格　□其他＿＿＿＿＿

您對本書的評價：（請填代號　1.非常滿意　2.滿意　3.尚可　4.再改進）

　封面設計＿＿＿　版面編排＿＿＿　內容＿＿＿　文／譯筆＿＿＿　價格＿＿＿

讀完書後您覺得：

　□很有收穫　□有收穫　□收穫不多　□沒收穫

對我們的建議：＿＿＿＿＿＿＿＿＿＿＿＿＿＿＿＿＿＿＿＿＿＿

＿＿＿＿＿＿＿＿＿＿＿＿＿＿＿＿＿＿＿＿＿＿＿＿＿＿＿＿＿＿＿＿

＿＿＿＿＿＿＿＿＿＿＿＿＿＿＿＿＿＿＿＿＿＿＿＿＿＿＿＿＿＿＿＿

＿＿＿＿＿＿＿＿＿＿＿＿＿＿＿＿＿＿＿＿＿＿＿＿＿＿＿＿＿＿＿＿

11466
台北市內湖區瑞光路 76 巷 65 號 1 樓

**秀威資訊科技股份有限公司**　　　收

BOD 數位出版事業部

......................................................................

（請沿線對折寄回，謝謝！）

姓　　名：＿＿＿＿＿＿＿＿　　年齡：＿＿＿＿　　性別：□女　□男

郵遞區號：□□□□□

地　　址：＿＿＿＿＿＿＿＿＿＿＿＿＿＿＿＿＿＿＿＿

聯絡電話：(日)＿＿＿＿＿＿＿＿＿　(夜)＿＿＿＿＿＿＿＿＿＿

E-mail：＿＿＿＿＿＿＿＿＿＿＿＿＿＿＿＿＿＿＿＿